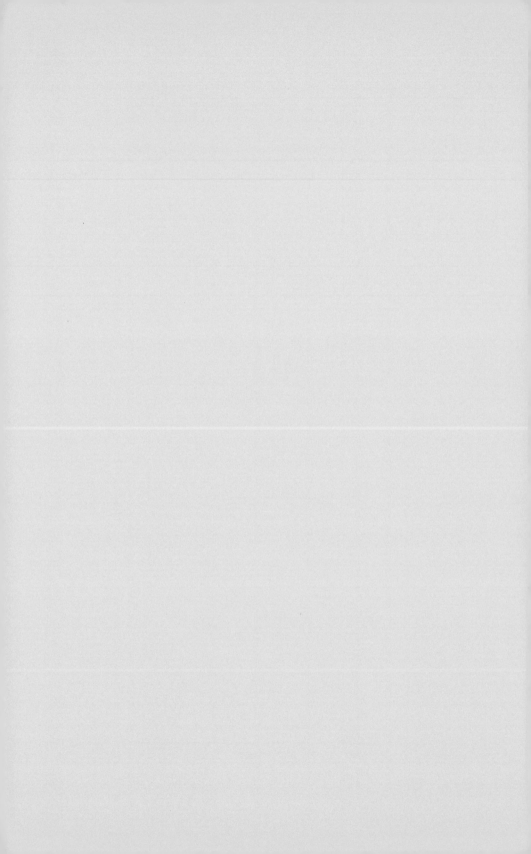

비단결 청춘

비단결 청춘 고백

초판 1쇄 발행 2023년 4월 1일

지 은 이 유차영
발 행 인 권선복
디 자 인 김소영
전 자 책 서보미
마 케 팅 권보송
발 행 처 도서출판 행복에너지
출판등록 제315-2011-000035호
주   소 (157-010) 서울특별시 강서구 화곡로 232
전   화 0505-613-6133
팩   스 0303-0799-1560
홈페이지 www.happybook.or.kr
이 메 일 ksbdata@daum.net

값 25,000원

ISBN 979-11-92486-60-4 (03810)

Copyright ⓒ 유차영, 2023

도서출판 행복에너지는 독자 여러분의 아이디어와 원고 투고를 기다립니다. 책으로 만들기를
원하는 콘텐츠가 있으신 분은 이메일이나 홈페이지를 통해 간단한 기획서와 기획 의도, 연락
처 등을 보내주십시오. 행복에너지의 문은 언제나 활짝 열려 있습니다.

비단결 청춘

너에게로 흐르는 바람의 강

시 · 그림 유차영

도서
출판 **행복에너지**

恒心·活草·芝山·裂果 / 유 차 영(劉 次 永)

나는 황혼의 언덕길을 걷고 있는 청년이다.
1978년 거창고등학교를 졸업하고 육군3사관학교로 진학하여
2014년까지, 37년 동안 전투화를 신고, 군번표를 목에 걸고 몰입해온
그 세월의 끝자락에서 『보국훈장 삼일장』을 받았다.
나의 의지와는 상관없이 나를 싣고 흘러가는 세월의 강 물결,
그 위에 나 스스로 띄운 돛단배를 타고 바람결과 마주하여 흐르면서
7전 8기로 육군 대령이 되었고, 시인·수필가로 문단에 등단하였고,
15권의 책을, 내 인생 역사의 기록으로 출판하였다.

2008년 캐나다 퀘벡 국제군악축제 대한민국 대표단장
2010~2023년, 국방·한경·농민·중기·코스미안 신문 칼럼니스트
2014년 국방부 유해발굴감식단장 전역, 국립서울현충원 현장 해설가
2015년 대한민국 국방역사 최초, 국가 공인 문화예술교육사
2015~2023년, 한국콜마 연수원장·KAF 대표이사·경영고문
2017~2018년, 한국농업방송 TV 『그 시절 그 노래』 고정 출연
2018~2023년, 인터넷 신문, 코스미안뉴스 선임기자
2021년 한국대중가요 100년사, 최초, 제1호 유행가스토리텔러
2021~2023년, 새마을 금고 MG TV 『百歌史傳』 고정 출연
2022년 한국창작가요작가의 날, 한국가요발전공로상 수상
2023~ 한국유행가연구원장, 유차영의 유행가스토리 TV

총칼을 찬 무인에서 붓을 든 나그네, 필객(筆客)으로 살던 어느 날,
고희(古稀)로 가는 언덕길, 그 모롱이를 돌아가다가
못다 한 말을 머금은 나를 발견했다.
아차~ 이제는 고백해야지, 푸르던 날 품은 마음과 직각으로 살아온 인생을~

그래서 손수 쓴 시, 그 시의 메시지를 그린 그림을 얽은 시집을 엮었다.
못다 한 첫사랑, 독하게 살아낸 울퉁불퉁한 나의 인생을 고백한다.
혼잡한 세상과 마주하며, 직각 걸음에 천착(穿鑿)했던 순간들
그 달콤했던 행복의 눈물방울을 또록또록 적는다.
인생은 시(詩)이고 사랑은 시(時)다.
이 시(詩)는 너에게로 흐르는 바람 강 물결이다.
나에게로 흐르는, 감사하여 행복한, 눈물의 강물이다.

시를 적는 이유

꽃들이 말 걸어오는 세월을 지나
바람결에 흩날리는 소나기 사이로
나를 찾아 나섰었다

단풍 이파리 눈길 끄는
숨결 가빠오는 붉은 날까지도
나를 만나질 못했었다

하얗게 나린 눈이
숲 밖으로 통하는 오솔길을 덮었을 때
나에게로 가는 발길을 멈추어 섰다

그날 마침내, 사립문을 걸어 놓고
내가 나에게 보내드릴 마음을 그렸다
인생은 시詩이고 사랑은 시時다

詩와 時를 읽으니 13월의 꽃이 피더라

인생은 시詩이고
사랑은 시時다

제2부 두견새 우는 사연

제3부 앵두나무 달빛 아래

제4부 버들잎 술잔

제5부 입을 다문 생각

꽃에게 건네는 말

날마다 피고 지니 내 맘 같아라
황포 배는 어느 때 님 다려 오시려나

철마다 피는 저 꽃 저절로 질까
그대 서러운 이 마음꽃 언제 지려나

저 나무는 어이하여 제 그림자 지웠을까
늙을수록 옛님은 기억 속에 또렷한데

꽃길
– 혜인에게

그대와의 만남
더할 나위 없습니다

어울려 살아가는
따사로운 나날들

환하게 맞이할
해맑은 내일

매화나무 옛 등걸에
새 꽃이 피고 지는 길

그대와 같이 걷는 길
더할 나위 없습니다

꽃에게 건네는 말

강 소나무 그늘에 움막을 짓고
들꽃 길 걸은 날 몇 해이더냐

오늘 하루 몇 잔이나 주고받았나
피는 꽃 지는 꽃 도사려 춤추는 꽃

누굴 위해 피는지 여러 번을 물어봐도
서산마루 붉은데 대답이 없네

구름 기울어 밤 지나면 새벽 새 울고
쪽동백 이슬 머금고 화사하리라

날마다 피고 지니 내 맘 같아라
황포 배는 어느 때 님 다려 오시려나

애끓는 그리움

아마도 옛사랑이 오신 듯하네
댓잎에 달그림자 간들거리니

천만번 그리워한들 무엇하리야
바람 불지 않으면 어른거리지도 않으니

봄꽃 떨기 지운 뒤로 소나기도 드물더니
완자창에 산 그림자 또렷하구나

강 건너 학동골 기러기 노래 예사로운데
마음은 천만 갈래 허공중에 나풀거리네

철마다 피는 저 꽃 저절로 피고 질까
그대 서러운 이 마음꽃 언제 지려나

봄날부터 눈 날까지

봄바람 부는 날엔 푸른 옷 입었더니
늦가을 무서리엔 속살이 시리구나

산국화도 시들어 누런빛 잃고
메마른 꽃떨기에는 벌 나비도 오질 않네

간밤에 겨울비 추절추절 나렸는데
문간방 사랑 맺은 옛님은 어디메뇨

훌훌 벗은 저 고목 바람 노래 부르시나
풍진에 늙었으니 찬 이슬을 한탄하랴

저 나무는 어이하여 제 그림자 지웠을까
늙을수록 옛님은 기억 속에 또렷한데

붉은 한 닢

푸른 잎 빼꼭한 산
팔락거리는 붉은 한 점

우거진 숲 한가운데
숨은 듯 기댄 난간

외로울 사 간들거리는
위태로운 자태

댕기 머리 붉은 자락
나풀거리는 갈바람

기다리던 가을 단풍
타는 이 마음

굴이, 왁자지껄
흥건하여 무엇하리

타향살이

꽃은 피어나도 봄은 피어나지 않는
햇살 따가와도 여름 열리지 않는

갈잎 붉어도 가을 영글지 않는
흰 눈 그쳐도 봄은 오지 않는

잠시 머무는 낯선 하늘 밑
서성거리는 그대, 그리고 나

씨악실 물가에서

너와 나 상념의 줄을 잇는
마르지 않는 그리움
아홉산 기슭을 흐르는 영호강
길섶에 피어난 능금 꽃

한 송이 따서 꽃배로 띄우고
아물지 않는 정 에미며
구부러진 모롱이를 돌아올
순이를 기다리는 날들

푸른 물결 씨악실 노를 당기던 거룻배는
바람난 세월만큼 퇴행을 거듭하여
풀섶에 기대있는데

나는 갈대처럼
봄날에 흩날리는 꽃불 앞에서
흘려보낸 세월만큼 간들거리고 있네

구절초 필 때까지

해 오름 따라 동쪽으로 피어난 꽃떨기야
네 향기, 내 창가로 보내주렴
그 향기 가슴에 품고 임 마중 가게

강물 머금어 부푼 갈꽃아
네 홀씨, 내 창가로 보내주렴
그 홀씨 나래 타고 임 따라나서도록

창가에 앉은 길손아 손 내밀어
저 강물에 네 시詩를 부어라
그 시, 임 계신 바다로 흐르도록

그리고 기다려주오, 강물 마르지 않는
마른 바람 부는 갈대밭 창가에서
구절초 다시 필 때까지

적막한 겨울밤

거리 바람에 마른 풀 간들거리고
살얼음 강여울에 해가 저무는데

외로울 사 재기러기 서러운 곡창曲唱
빈 산 너럭마다 자지러지듯 메아리치네

지키지 못할 언약 어이 남겼나
꿈결인 양 가물가물 아련한 모습

꽃 세월 화사하게 다시 피는 날
그대 가시고 나만 남으면 어이하리야

솔가지에 차가운 달 적막한 밤중
깨어보니 촛불만 소리 없이 울고 있네

24

혼잣말

겉표지 널브러진
사진첩을 뒤척이다가

얼굴 검고 이 싹 하얀
그대 모습에 눈을 꽂았소

무서리 차디찬 이 밤,
어디메서 지새우시나

마음속 면경 꺼내어
옛 모습 비춰본다오

하늘 달은 이지러졌다
다시 오건만

가고 오지 못할 사 인생길인데
닫아걸지 못하는, 이 마음 어이하랴

사진첩을 덮다가
다시 펼치네

그리운 봄날

보랏빛 아카시 꽃님
서리 세월에 그리웁구나

겨울 지나 새봄 오시면
자줏빛으로 다시 피려나

살구꽃 분홍그림자 스러져 간 달빛
사철 푸른 솔가지에 서러이 걸렸는데

갔다가 다시 오신 흐뭇한 세월 위에
새하얀 잿빛 무서리 처연히 나리고

앙상하게 마른 가지엔
꽃새가 날아드네

꽃 중의 꽃
- 콩닥거리는 두근거림

무리 지은 눈망울 속으로
스을쩍 훑기는 눈길
고이 받아 가두는 동그란 눈동자

바람결에 흩날리듯
머언 산 비켜 겨누는 눈총
눈 화살 거두어 씨눈 틔우는 가슴 방

콩콩거리는 심장 모퉁이 방 하나 내어준
눈여겨 지그시 비키우는
콩닥거리는 두근거림

늙지 않는 애인에게

망망한 세월,
고희의 청춘을 마른 햇살에 비춘다고
쇠잔해진 머릿결 온기가 날까

주글주글 골 잡힌 가슴팍
사리처럼 응결된 붉은 맘,
그런 날 오시면 느긋하게 열어젖히리다

마침내는 진토로 돌아갈 육신
백골이 영면하는 초야
엷은 햇살 아래 피어난 할미꽃

강아지풀 꽃대 끝에 꼬부랑한 붉은 웃음
갈대 울음에 하얀 눈물 맺히는 날
그런 날 오시면 그리웠다 포고하리다

가시 돋친 갈바람 초록 이파리를 쏘아
마른 잎 제 몸 부벼 서걱거리는 노래 할 때까지
오월 창포로 땀 뜨던 푸르른 날 기억하리다

십삼월에 다시 피어난
창포꽃 이파리로 엮은,
면사 너울 옥색 관을 받드는 그 날까지

그대 두 볼에 따사한 온기를 전해 줄
분홍 피 푸른 피를 간직하리다
늙지 않는 그대여

아미새 연가

애수 불타오르는 산자락
초록으로 피어나 가을에 멍든 잎새

제 몸끼리 부비면서 세월에 우는
갈대 앞에서, 홀로 깨어난 생꿈

쪼그라드는 갈잎 위에 구겨지는 그리움
본병本病으로 울어버린 가슴 밑바닥

두 눈을 지그시 감고 부르는 노래
끊일 듯 이어가는 아미새 연가

진달래

저어기 뉘이신가
연분홍 치마 두른 여인네 모습

아지랑이 아물거림에
홍조 띤 얼굴

수줍은 듯 손 내밀어
내 달아 보면

만발한 한 떨기
진달래 여인

뜨내기 달

고향이 별처럼 빛나는 것은
내가 달처럼 떠돌기 때문

오늘도 고향은
별처럼 찬연한데

달은 또
산에서 떠서 산으로 진다

휘이~ 휘이~ 불어오는
낯선 타란 바람에

시퍼렇게 멍든 달
별을 안고 도는 달

바람이 숲에게

너는 고요한 숲
나는 잠들지 못하는 바람

숲을 향한 바람의 회오리
그 속에서도 잔잔한 숲

두 눈을 뜨고 꾸는
바람의 생꿈

꿈속에서도
너는 고요한 숲

눈물 꽃

눈물이 꽃으로 익어
불 꺼진 잿더미 속에서 피어난다

외롭고 설움 넘치는 뜨거운 가슴
한 가닥 심지를 돋운다

어두운 길이지만 오히려 밝은
차갑지만 오히려 식지 않는

무거우나 오히려 던져버리지 않는
타관이나 오히려 낯설지 않은

너에게로 나아가기는
오직 하나, 그것은 기다림뿐으로

마주하는 그 날까지 충만하게 사르리라
눈물 꽃 열매로 익을 때까지

겨울나무

마른 풀꽃 향기 사라지니
들녘마다 적막도 한데

산자락에 쌓인 낙엽
곡조 없이 처럭거리네

빈 가지 끝 찬바람 차마 보이랴
간들거리는 가지마다 시려오건만

하늘 향한 꼿꼿함
옛 선비의 절개로다

마른 듯 저 나무 연세는 몇몇일까
한 오십 년 전에는 이팔청춘이었겠지

꿈속의 사랑

불 밝혀도 어둠 가시지 않고
새벽 밝아도 꿈에서 깨어나지 못하네

어느 하늘 아래
나보다 더 나를 꿈꾸는 사람
나보다 더 나를 사랑하는 당신

차마 못다 한 사연 몽상으로 전하는
어둠 가셔도 새벽은 멀고

새벽 밝아도 꿈속에 있네
울지도 못하는 사연, 꿈 속의 사랑

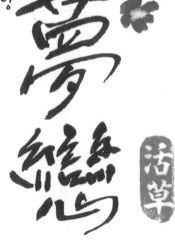

새봄 기다리는

그리운 것은 산 너머 있고
가슴속엔 서러움 가득하네

햇살 오르면 이슬 마르고
바람 스치면 풀잎이 눕듯

그리움 스러지면 서러움 삭으려나
눈물 같은 노곤함 안개처럼 무거운 나날

산 넘어 계절은 무슨 사랑 품었을까
봄 속에서, 나는 다른 새봄을 기다리고 있는데

봄꽃이 가을에 피면 어이할거나
흰 눈 속에 복수초 피면, 옛님 오시련

꽃무릇 사랑

불그레한 저녁 하늘 구불진 길가
님 그리다가 토한 객혈 붉은 꽃무리

가늘고 긴 대궁 끝에 떨기만 피어
푸른 잎은 어디 두고 너만 붉으냐

잎 지어야 피어나는 서러운 꽃송이
술래잡기 슬픈 인연 멍울진 가슴

겉모습은 붉게 타고 속내는 검게 타는
낭자한 꽃잎에 이슬이 진다

느림보 인생

걸어가는 길에는 지름길 있어도
살아가는 길에는 바른길뿐이라네
앞서가면 끝에 먼저 이르고
끝에 가면 더 이상 나아가지 못하지

세상에는 외로움 바람처럼 휭휭하고
가슴속엔 그리움 가을처럼 수북하지
인생은 네 갈래 길 홀로 가는 길
그리운 길, 서러운 길, 착각의 길, 외로운 길

그 끝에 먼저 가려고
서두르진 말아야지
내달리면 앞만 보이고
느리게 가면 두루 마주할 수가 있지

시월이 오면

시월이 오면 이삭을 닮으리
영글어 오히려 머리 숙인
다시 영겁으로 태어날 씨눈을 예비하는 열매

써릿발 스러지는 새날이 오면
다시 눈 틔워 자라나게 할
시월은 그렇게 새날을 잉태한다

시월이 오면 빈 가지를 닮으리
폭죽처럼 터진 환희 타오르는 불꽃
여린 가지 끝 달아오르는 붉은 술

소슬바람 불어오지 않아도
손 놓아 새잎 열리게 하는
시월은 그렇게 머리를 수그린다

동백꽃 꿈결

남녘으로 기운 가지에 달이 걸려서
옛사랑님 얼굴인가 눈을 부볐네

그 옛날엔 깜장머리 찰랑거렸는데
하마 하는 세월에 백발이 되셨구려

우수수 진, 낙엽 세월 몇 해였던가
비단 버선 발길인 듯 흔적도 없네

볼에 닿는 이 바람 깊은 겨울이려니
그리울 사 흰 눈 뒤에 봄바람 오시겠지

그런 날 오시어 동백꽃 다시 피면
깜장머리 소녀야 꽃 마중 가자

떨어진 붉은 이파리 아껴 밟으며
말없이 은근히 열 손가락 읽어보자

세속 살이

살아오신 나날들이 저마다이니,
이 옳고 저 그르다는 마음, 추를 매닮이
가당하리야 부당하리야

이 삶 저 삶 각각이 응당하지만,
경우와 상식을 얽은
통념通念이 세상의 저울인걸

옛적부터 마주 앉아
잔술 건넨 사이였지만,
세월 사이 깊은 강을 무슨 배로 건너리야

아서라 무정쿠나 흘러간 지편이여
굽어보니 강 건너가 너무도 아득한데
돋는 햇살 허공중에 검은 구름 가득하네

活草

님 생각

산 중에 기대어 산 날, 몇 해이던가
오늘도 강 기러기 영嶺을 넘는데

님 계신 하늘 천만리 날으리야
어찌하면 저 청둥새 나래를 타고

지난 세월 반토막이 남아 있는 여로인데
산수 미수 세월 이겨 백수를 산다 해도

여흥 땅 서편 하늘 붉은 구름 아득한데
대 지팡이 기대일 날 언제이련가

황혼 길

인생길 회갑자 넘어선 오늘
헤아리고 살필 일, 또 많음을 깨우치네

직각 보행 마흔 해가 본 하늘인데
붉은 노을 석양 길 복락 아니랴

궁극에는 허무로 돌아갈 여로
칼을 빼어 물 베듯 아울리는 지평

저 살피 넘어가면 또, 뉘 계실까
옛사람 부질없듯 뒷사람도 어련하리니

때때로 독배獨杯 들어 빈 맘 채우며
갇지자 발자국, 안 남기려 작심을 하네

쪽배를 기다리며

고적한 밤 산기슭에 등불 밝히고
너럭바위 난간 위
부엉이 노래에 귀 세우네

물러나 살자는 꿈 어느 시절에 품었나
산자락에 붙박아 사니
세속 또한 그리운데

밝은 낮 숲에 들면
마른 낙엽 채곡하고
저물녘 사립문엔 고라니가 귀빈일세

하세월에 도성으로 돌아가리야
티끌세상 잿빛 머리카락
솔가지에 걸리는데

뜬구름 흐르는 물
저절로 서편으로 가노니
내일이야 쪽배 타고 바람 따라 흐르련

달빛 부슬비

얇은 달빛 솔가지 잔비 나리니
마른 배 타고 가신 님 빗줄기 아롱지네
인생사 뜬구름 배, 아니 탄 님 뉘이시랴

어른거리는 저 달빛 빈 맘속 서정이고
뜨럭뜨럭 빗방울 선율 없는 가락인데
솔가지 청솔모는 어이하여 짝을 잃었나

저 비 뒤에 청바람 불어오실까
황포돛배 노을 아래 기폭 올리면
가신 님, 날 다리려 바람 타고 오실 텐데

예정된 이별

사람 꽃 피고 지우며 맞고 보낸 세월
돌아보면 한목숨 외길 위에 발자국

저마다 해를 쫓아 살아 낸 나날
그대는 그대만의 한 떨기 꽃잎

꽃 무리 속 한 자락 추억
봄날처럼 또렷한데

뉘엿한 해, 노을 아래
그대 뒷모습 가물거리네

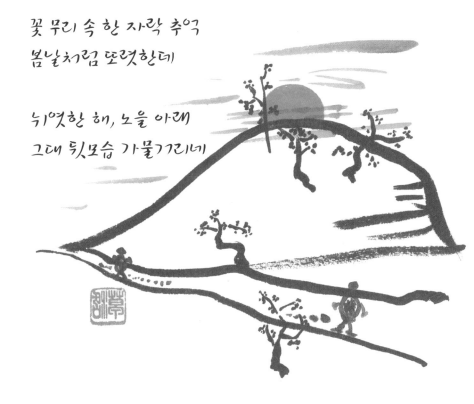

봄 그리고 또 봄

꺼풀 묻은 신발 신고 층계를 올려보네
저 능선 올라서면 더 먼 창공 아득하리

인생길 몇 굽이냐 푸른 날엔 각박했는데
이순 세월 돌아보니 마디마디 아롱지네

복사꽃 피고 지운 봄날은 몇이었나
국화꽃 그늘 아래 달 지운 님 그립구나

저, 하늘 너머 봄님 다시 엉글까
앵두꽃 숲 소쩍새 짝지어 놀까

그런 날 오시면, 그리하시면
맨발로 나비 등 타고
살구 숲으로 오소서

가을 숲

기약 없는 옛님을 기다리다가
행여나 오시리야 졸이는 마음

갈참나무 등걸에 올라, 먼 곳 살피다
곁 자락에 총총한 졸참나무 보았네

한 그루로 서 있을 땐 나무였는데
어울려 엇대어 서니 숲이로구나

홀로 사는 저 나그네 어느 때이랴
옛사랑 오시는 날 숨 가쁠 텐데

한가한 나절

강 물결 바위 절벽 마주한 난간
붉은 아카시 피고 지우는 붙박이 나그네

땅이 멀어 오가는 이 가물거려도
앉고 서고 거닐다가 글 읽으니 한가롭고

유장한 강줄기 저절로 서편으로 흐르고
맑은 바람 불어치니 콧노래 흥겨웁네

지긋이 눈 겨누면 물결마다 선율이요
귀 자락 솔깃하면 술방울이 톡탁거리네

더듬더듬 천만 굽이 어이 돌았나
한 덩어리 붉은 해 서산에 걸렸는데

저마다의 길

능안 마루 산 너울 갈잎 성글고
바윗돌 악사들 흥에 겨운데

지는 해 기울어 날은 저물고
헝클어진 머리 위로 갈가마귀 날아가네

텃새 가고 철새 깃듦에 깨우친 바 무에랴
저절로이면 순행이요 엮으면 역행인데

육십갑자 굽이 세월, 저마다이니
한 줄 실에 엮자 함은, 삭은 나목에 조각질이지

저 바윗돌 바서라져 모래가 되랴
속내는 활활거려 천만 가닥일 텐데

애꿎은 맘 조갈나게 애리지 말지어다
옛사람은 이미 적막해졌으니

달맞이꽃

산기슭 오동 이파리 갈바람 서걱거리고
노송 아래 산국화 마른 떨기 이슬 맺혔네

푸른 날 이 계절엔
나이 더한다고 화들거렸는데

회갑자 모롱이 올라서니
붉은 단풍도 서러워라

찬 이슬 달맞이꽃, 님 오신 줄 아시나
밤 기러기 갈바람 타고 남녘으로 가는데

나는야 몸만 두고
마음 따라나서네

보훈병원

벼슬살이 서른일곱 해 날개를 접고
바람 부는 세상살이 어언 아홉 해

은덕 입은 유공자증證 총칼처럼 빼어 들고
내자內子의 손을 잡고 보훈병원 들어서니

줄로 서고 모로 앉은 쇠락한 베테랑들
부라려 치세웠던 적敵을 향한 눈동자

시퍼런 공훈은 무서리에 시들었나
지척의 걸음마도 무겁고 버거운데

꼬나쥔 유공자증 사진 속은 창창하고
쉭쉭거리는 숨결에 나라가 간들거리네

님 생각

이슬 안개 달빛 허공에
낚싯줄은 왜 던지나
욕심갑자 돌고 돌며
바람 세상에 낚였는데

앞 강물은 절기 따라
꽃 이파리 띄우고
뒷자락 소나무는
흰 눈 속에서도 푸르렀지

간들간들 실오라기
지난 세월 되돌아보니
옥 비단실 마음 줄에
님만 대롱거리네

붉게 익은 이파리

저 넝쿨 붉은 이파리
소슬바람에 위태롭구나
봄날부터 살금살금
돌층계를 얽었는데

오늘 밤 지는 별님
저 단풍에 나릴까
한 백 년 사는 인생
어느 지절에 붉으리야

바람처럼 살아온 날
역마 길은 아득한데
붉은 이파리 마주하여
푸르던 세월 헤아려보네

짝지어 나는 새

강 물결은 내 속내처럼 잘랑거리고
청둥새 쌍쌍으로 허공중에 다정하여라

저 새들 날으시다
어느 둥지에 깃드실까

목은 이색李穡 약사발 던진
제비여울 조릿대 난간

여강길 산 나그네
옛님이 그리운데

* 이색(李穡): 1328~1396. 고려 말 문신, 정치가, 유학자, 시인. 성리학을 고려
에 소개, 확산시키는 역할을 하였으며, 성리학을 새로운 사회의 개혁, 지향점
으로 지향. 이성계의 역성혁명에 동조하지 않았고, 조선 개국 후에도 출사하
지 않음. 정몽주, 정도전, 권근, 이숭인 등 고려 말 성리학자들 대부분이 이색
의 제자. 스승은 역성혁명에 협력하지 않았지만, 그의 제자들은 혁명참여파
와 절의파로 나뉨. 이 때문에 한때 제자였던 정도전과 조준, 남은은 그의 정적
(政敵)으로 돌변. 이후 정도전은 그와 우현보, 정몽주에게 격렬한 논조로 비판.

1392년 4월 정몽주가 피살되자 연좌되었으나, 제자 정도전은 그를 구하지 않음. 그는 이후 다시 금천 · 여흥(여주) · 장흥 등지로 유배된 뒤에 석방. 조선 개국 후 태조 이성계는 1395년(태조 4) 한산백(韓山伯)으로 봉하여 출사(出仕)를 종용하였으나 끝내 고사, '망국의 사대부는 오로지 해골을 고산(故山)에 파묻을 뿐'이라고 함. 1396년 망명(피신) 차 여주로 가던 중(머물던 중) 여강(驪江. 여주 남한강)의 배 안에서 갑자기 사망. 정도전이 보낸 부하 자객에 의해 독살되었다는 설. 임금이 내린 사약을 마시면서 던진 병마개 대나무 순이 살아나서 제비여울의 조릿대 숲을 이루었다는 설도 있음. 2023년 현재, 제비여울에는 조릿대 숲이 있음.

노을들 무렵

가을 강 새벽빛
물결 위에 매끄러운데

어찌하여 세속에서는
잡雜 말씀만 들려오나

검은 구름 천만 겹겹
산 너울 충충인데

바람 세상 잡귀 쫓는 신륵神勒의 서광인가

옥 같은 일만 줄기 동녘에 쏟아지네

58

강 어부

새벽바람 차가운데 쪽배 위에 마주 앉아
망망 물결 가운데로 노를 저어 나아간다

어이하다 물밑 겨누는 쪽배를 타셨을까
속내 모를 용궁 세상 전설이 궁금하셨나

시월도 끄트머리 동짓달 오시는데
해 저물어 어둠 나리면 돌아올 길 어이할까

나아가던 강기슭에 멈추어 서서
멀어지는 간들거림에 눈물 아룬다

세월 되새김

짧은 햇살 긴 산 그림자
감국 향기 흐드러졌는데

어제 지은 시를 다듬으며
금빛 술잔을 기울이네

봄바람에 매화향 담아 건네던
연분홍 님 어디에 계시리야

지난날 되짚으면 마디마디 숨이 가빠
열 걸음에 한 발짝도 쉬질 않았지

환갑 지낸 내 얼굴 무슨 빛으로 익었나
마음 거울 비춰보니 주름 결이 한가롭구나

부질없는 예언

젊은 날 책 속에서 예언을 읽었는데
회갑자 지낸 세월 이제사 깨닫겠네

세상살이 말들이 넘쳐
읊는 놈마다 어긋나지 않음이 없고

풀 바람 새 노래에는 섭리가 있어
청산유수가 해와 달 속에 정연하네

산기슭 나뭇가지 저녁마다 새가 들고
강여울 풀 이파리 새벽마다 이슬 젖는데

갓머리 지붕 의사당 놈들
오늘도 부질없는 예언을 예언하네

산 사람

산기슭에 기대어 살면
꽃 따라 피고 지네

봄 매화 가을 국화
흰 눈 나리면 청솔 이파리

높은 하늘 겹 너울 산, 유유한 강줄기
먼 옛날 도선道仙 님들 굽어보이소

궁금했던 초월 지경
철마다 피고 지는 갯가

국화 향기

샛노란 꽃떨기
윙윙윙~ 꿀벌 날으니

기웃거리는 나그네 옷깃
향 내음 헤실거리네

포실포실 저 향기
갈바람에 띄워볼까

매화 향기 보낸 뒤로
소식 없는 옛님에게

가을에 핀 봄꽃

단풍 물든 시월인데 새봄인 줄 아셨나
달 아래 기다린 님 아니 오셔 서러운가

날은 밝아 햇살 오르고 새벽안개 엷어지는데
한 송이 외로운 꽃 강바람에 간들거리네

하룻밤 꿈길이면 열 번인들 못 만나랴
지우지 못한 세월 마주하지 못한 님

외로운 산까치

외로운 산까치
청솔가지 하늘 맑은데

까아악~ 짝 잃은 노래
허공중에 낭랑하네

날으는 새도 기는 짐승도
멀어지면 또다시 그려, 그리울 터

청바람 소나무 나그네
옛 생각에 해지는 줄 모르네

가을 나그네

솔 오솔길 적막하여
새 노래 더욱 맑은데

꺼북 옷을 입은 어른 소나무
꺼칠꺼칠한 등줄기 따라

타는 불꽃 넝쿨 이파리
화들짝 눈부시구나

햇살마다 따끔꺼리는 이 맘
저 꾀꼬리는 아실까

여강길 황혼 길손
타오르는 속내를

비단 물결

천만 조각 금물결
아침 햇살에 눈부신데

치자 향기 아롱다롱
단발머리 그리웁네

황포돛배 꽃바람 부는
어느 날에 오시리야

고라니 곁눈질하는 새벽
떤동마다 서러운데

자화상
— 탈망향망(脫網向茫)

허리 수염 덥수룩하게 길러 볼 날 언제일까
세상과 통하는 길 저~어기 아련하니
숙내는 와글와글 신기(神氣)처럼 활활거리네

나지막한 사립문 열고 도성으로 나설 날
내일 모레 글피로 맘 조려 헤아리며
면경 속 낯선 나그네를 손가락으로 가리키네

산그늘에 유유하지만 숙내는 장막(帳幕)이요
잊힌 듯한 야인(野人)이지만 마음은 거울이라
쟁반 같은 달 속에 탈망향망(脫網向茫)을 휘갈겨 쓰네

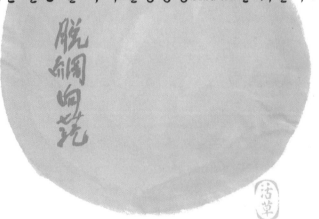

자작나무

자작자작 타는 가슴
저 길섶에 잠겼을까

중천 구름 너울 뒤에서
햇볕 자락이 그림자 비추는데

줄지어 선 저 나무들
잠드셨나 고요하구나

해는 지고 달님 떠오르면
적막하여 어이할까

낯선 땅 외딴 나그네
가신 님이 그리운데

소슬바람

가을 기운 은근하여
푸른 잎들 간들거리는데

철 늦은 폭포수
여름처럼 콸콸거리니

산기슭에 울창한 나무들
단풍 익을 날 멀지 않으리

굽어 도는 외나무다리
소슬바람 쉬어 넘으니

내려놓는 연습

층층 하늘에 흰 눈 나리니
또 한 해가 저무는구나

회갑자를 지내었으니
몇 봄을 더 맞으리

해마다 첫날에 앙다짐하여
섣달그믐까지 봄라 맘 애조렸지

진갑 넘긴 새봄에는
등짐 봇짐 내려놓으리

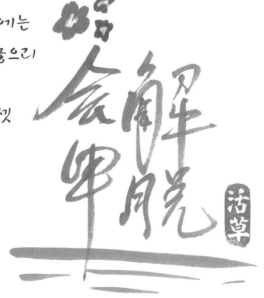

그렇게 하나둘 셋
해탈解脫해야지

눈물 강

낮에는 구절초 향에 빈 맘 흘리고
밤으로는 느린 달빛에 내 그림자 비추네

아득하게 외진 기슭에 홀로 산다고
근심 세상 밖에 서 있는 한량이리야

마음속에 품은 칼날 빼어 휘두르다가
제풀에 꺾어 다시 꽂은 날 몇 날이던가

능선에서 산 아래로 곁눈질하면
개미처럼 복작거리는 숨 가쁜 걸음들

지자에서 취한 눈으로 산 너울 올려보면
신선들 마주 앉은 술잔 기울어 뵈일까

어허~ 아니 될 말, 호사스러운 혼돈
지자에도 산 숲에도 눈물 강 흐르는데

단풍 배

오색으로 익기도 전에 마른 낙엽 되어서
강 물결에 동동동 돛단배가 되었구나

늙도록 붉은 마음 저 배에 실어볼까
하룻밤 달빛 아래 허물은 순정

소슬바람 불 때마다 콩닥콩닥 되새기는데
갈바람에 살랑살랑 멀어져 가네

세속을 떠난 사람

짙은 안개 새벽이슬에
옷깃이 젖는데

토다닥 익은 도토리
마른 땅에 떨어지네

사람마다 사는 모양
굴밤처럼 외로울 텐데

이러쿵저러쿵
삿대질하며 히벌거릴까

얼음 위 숯덩이처럼
속내 뜨겁지 않은 이 뉘이랴

다만, 홀로 반만 채운 술잔에
마른 꽃잎 띄울 뿐

장송곡(葬送曲)

높은 절벽 동편에는 넘실 출렁 강물이요
저녁 기러기 떼를 지어 서쪽으로 날아가네

어제 나린 가을비에 땅 끄죽이 젖었는데
소나무 아래 구절초는 작년처럼 환하구나

해마다 피는 꽃은 은근하고 화사하건만
오늘 가신 그대는 영영 다시 못 오시리

다시 오지 못할 길 영원으로 가는 길
가쁜 세상 뒤로 하고 너울 학이 되소서

제1부 꽃에게 건네는 말 75

구절초 사랑

단오 때는 다섯 마디 중양절엔 아홉 마디

늘수버들 피어날 땐 수줍던 그리움

복사꽃 잎 떨어질 땐 푸르른 눈물

능소화 붉은 여름 활활거리던 사무침

찬 이슬에 새하얀 꽃 가신 님 다시 오셨네

아홉마디 떨기마다 봉봉거리는 벌님이여

찬 이슬에 새하얀 꽃 가신 님 다시 오셨네

아홉마디 떨기마다 봉봉거리는 벌님이여

해당화 아낙네

후더운 마른 바람에 분홍 꽃잎 떨어지고
푸르던 몽우리 검붉어 서러워라
선 잠결에 깨어난 아낙네인가
마알간 윤기 머금은 탱글거리는 그리움
꽃 이파리 질 때마다 분홍눈물 흘렸을까
저문 노을 객창 아래 바람 같은 나그네
줄지어 날으는 저 새 지향은 어디일까
송글진 열매마다 붉은 근심 영그는데

새벽 나그네

더디게 밝아오는 새벽 강기슭
타박타박 어둠 가르며 나아가는 나그네

언잠 깨어난 청둥새 푸럭거리는 소리
산기슭 외딴집 장닭이 운다

강 건너 가로등 불빛 물속에 간들거리고
하늘에는 강 기러기 동편으로 나아가네

컷가 스치는 물바람 가신 님의 숨결인가
어디까지 가야 할까, 어둠 가르는 이 발길

소금밭처럼 흐드러진 망초꽃 낭자
아랑아랑 눈앞에서 보드라운 손 내미는데

갈바람 노을

저녁 바람에 찬 기운 돌고
한낮 햇살에 나락이 영그는데

산 넘어간 부엉이 왕릉에서 통곡을 하네
붉은 피 뚜루룩 두견새는 어디로 갔나

제 입으로 제 이름 부른 세월
환갑 비켜 고희로 가는데

갈바람에 단풍 익으면 소쩍이로 오실까
지문 나절 서쪽 하늘 노을 붉은데

너그러운 인생

한가로운 봄꽃은 소리 없이 지고
나뒹굴던 가을 단풍 바스락거리며 떠나갔네

벼슬에서 물러나
노랫가락이나 읊으려 했는데
낯선 상단商團에서 봄라 맘 분망하네

태공들은 버들 물가에 낚싯줄을 던지고
농부들 젖은 땅에 마른 거름 뿌리는데

아늑한 강나루
저녁 해는 어디로 가시나
황포돛배 바람 타고 노들섬으로 흘러가는데

비틀거리는 마음

한 잔 술을 흔들어 마시고
붓을 들고 시를 적네

마음이 즐거우면
몸뚱아리야 절로 가벼워지는 법

낭랑한 마음 챙겨 숲길로 들어
콧노래 흥얼거리다가 뒤돌아보니

우수수 쌓인 낙엽
내 발자국 덮어 버려

그대에게 가는 길 잃을까
오금이 저렸네

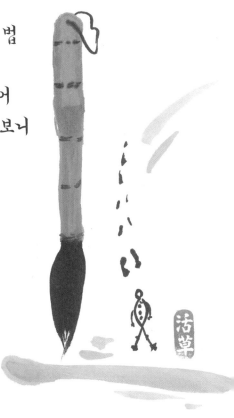

각성(覺性)

명예와 천금이 어이 귀하지 않으리
하마터면 졸걸卒杰 속에 비틀거릴 뻔했네

산마루 푸른 솔에 티끌 먼지 없으랴마는
그렇다고 까마귀 떼에 기밀 순 없지

세상이 혼란하여
어편에서 해가 솟는다 해도

저고리 소매와 아랫도리 가랑이를
위아래로 바꿔 끼울 순 없지 않으리

인생길 주마등

강기슭 오두막에 목로木墟를 펴고
먼 길 오실 지음知音의 기척을 헤아리네

차가운 등 밝은 빛은 저절로 밝아오는데
주마등처럼 마주할 그대 어느 때 오시려나

버들 물길 노 저으면 한나절인데
마음 보내고 몸만 남아 노을을 바라네

해묵은 술이야 곰삭으면 향을 더하고
그리운 날 겹쌓이면 속내는 붉게 타지

철 지나 꽃 지고 봄 와서 다시 피는 날
그대 오실 그날엔 행화주杏花酒를 따르리

강물 속에 흘린 저 달

몇 만 년일까

제2부

두견새
우는
사연

강물 속에 홀린 저 달
몇 만 년일까

국화꽃 마른 길섶 향기라도 남았으랴
옛님 오실 그 날에 다시 필 텐데

능금 매실 뿌리에 마른 거름 뿌리며
피고 지운 지난 세월 되새겨 보네

마음으로 가는 배

강물 속에 홀린 저 달, 몇 만 년일까
푸른 이끼 두른 바위, 밤이 깊구나

밤 기러기 울며 날아, 남녘으로 가는데
댓잎 스친 시린 눈발, 이맛살에 차갑네

이 밤 지나 새벽 붉으면, 황포 배 뜰까
성마른 나그네 마음, 앞서서 노를 젓네

저녁 바람

마른 나뭇 노을 아래 하늘 찌르고
강바람 살금살금 산 그림자 흔드는데

끼룩룩 재갈매기 허공에 날고
봉우리 넘는 구름 발길이 더디구나

국화꽃 마른 길섶 향기야 남았으랴
님 오실 그 날에 다시 필 텐데

선들선들 물바람 어디로 날으시나
님 계신 남녘으로 날 다려다 주시지

살구꽃 피운 세월

능금 매실 뿌리에 마른 거름 뿌리며
피고 지운 지난 세월 되새겨 보네

살구꽃 구절초 향기 감돈 날 몇이더냐
봄 눈발 푸얼푸얼 갯가에 서서

흘러온 마디마디 헤아려 보며
비로소 하늘 땅 넓은 줄을 깨우쳤네

이 거름 머금으면 분홍 꽃향기 피어날까
헝클어진 머리카락 눈바람에 흩날리는데

두견새 우는 사연

쉰 고개가 어지러웠나
천상天上으로 앞어 간 님

두견새 고개마다 사연을 두고
몇 굽이나 울어 울러, 울어가졌나

까마귀 사립문 아래 남겨 둔 발자국
허리 풀어 휘어 감던 가파른 숨결

산 나그네 바람 소리에 귀문을 열고
고이 울어, 고이 울어 송별하려오

시를 짓는 마음

좌로 우로 휘늘어진 청솔가지 길
안개 속 송진 향기 그윽하여라

맑은 새벽 찬 기운 잔잔해지면
생각은 이내 속에 단순해지지

마흔 해 나라 은덕 녹봉으로 살면서
문장으로 엮은 시문 몇 가닥인가

손가락은 무뎌져도 철학은 예민한 날
지 솔잎 지기 전 몇 필 글을 더 짜야지

님 생각

서산마륵 뽕가지에 달님 걸리면
버들 섬 접동새 쌍으로 들지

옛적엔 이맘때 종이 편지를 적었는데
세월 익은 오늘은 손전화를 매만지네

잿빛 머리카락 꺼무룩한 이순의 세월
가슴에 멍 남기고 가신 님 몇이었나

속내가 춤을 측면 복사 뺨 붉어지던
사랑님 잠들기 전 옥피리를 불어야지

요지경 세상

날마다 바람 바람 잠잠한 날 드물구나
새파랗게 젊은 날 몸과 맘 다하여서

맑은 하늘 밝은 세상 소망했는데
바람 세월 허공중에 윙윙거리는 쇠파리

회갑자 비낀 세월 마른하늘 벗하여
은근한 시문에 가락 얽어 읊조리려는데

갈지자로 헛발 차는 정政나니들 헛바람에
정연하던 가사 가락이 마른 한숨에 비틀거리네

흘러온 타향

푸르름에서 누르름으로
익어가는 게 인생인데

오늘 푸르고 내일 누르다고
둥당거려 무엇하리야

날마다 한 바가지 술을 비우며
은근한 시 한 수로 붉은 노을을 지우는데

저물녘엔 기러기가 말을 걸어와
구름 비켜 가는 본향本鄉을 묻지

날마다 강기슭은 옛 자리인데
강물은 타향으로 흘러 흘러 가버렸네

황홀한 황혼

햇살마다 포실거리는 강 버들 바라며
나른한 아지랑이 멀지 않음을 짐작하네

살아서 신선놀음 못 한다면은
지승에서는 떠돌 귀신 된다고 하지

능수버들 천만사 휘늘어진 올봄에는
오가는 님마다 잔을 권하리

엊저녁엔 솔가지에 이슬 바람 멎었으니
물총새도 청둥새도 짝을 품었으리

밤 깊으면 길손 드물어 달빛만 쓸쓸하고
고향 서러운 애간장 녹기도 하건만

오늘이 한가로운 줄 더디게 깨달았으니
푸른 날로 되돌고픈 맘 정녕큰 일지 않네

이별과 상봉

오고 가는 길섶에 뽕 버들이 간들거리네
어느 날에 피고 지어 마중하고 송별할까

피는 날 오시면 지는 날엔 가시리야
마주할 땐 금피리 이별할 땐 은피리

피는 날엔 가뿐 곡조 지는 날엔 서린 곡조
피고 지는 속내야 가락이 먼저 품지

간들간들 곡절마다 걸음 저리네
자박자박 걸음마다 눈물 아리네

권주가

달 푸르고 별 내려온 산자락에서
그대를 마주하여 잔을 권하네

건네는 이 한 잔은 취하기 위함 아니요
너그러운 그리움 마음의 정한이라오

천 리 길 멀다 않고 바람 가르며 오셨으니
갈바람 안주 삼아 한 잔 한 잔 더하시구려

가슴속에 무르익은 그대에게 하고픈 말
열 섬 떡시루에 담고도 넘쳐 날 터이니

주고받을 이야기는 은하에 매달아 놓고
하늘 구름 비켜 가는 저 달이나 바라보세

인생무상

지나간 세월을 뒤집어가며
영웅호걸 미관말직 입물레질 하지 마세

영걸의 머릿결에도 무서리 내리고
말직의 눈가에도 주름 계곡 패이리니

영걸도 말직도
세월 앞에선 마른 풀일세

손바닥 같은 옹졸한 묘지
마른 바람 부는 날

잔나비가 재주를 넘는다고
다람쥐가 눈을 흘길까

한바탕 봄 꿈

입춘도 지났는데 찬 기운 돌아
솔가지에 걸린 달이 달달달 떨고 있네

마음이 얼어붙으면 손마디가 먼저 굳는 법
눈망울에 이슬 젖으면 속내는 어이할까

이 밤 삼경에 까막새 따라 날으면
해 밝은 아침이면 그대 앞에 나리련

바람난 능수버들

천만사 머리채 담긴
강 그림자 바라보니

임자 없는 봄바람이
파문을 일으키네

여울 건너 강둑에는
아지랑이 간들거리는데

물살 닿은 가지 끝에는
그리움이 파르래하네

천살배기 나무

동구 밖 천년 거목 두 눈을 부라리고
험상으로 벌린 입속 시꺼멓게 헐었는데
바람세월에 배를 띄워 한세상 사는 여로
주름진 이맛살은 무슨 근심 이력인가
나그네 비켜 가는 훗날 기약도 없는데
삿갓 나그네 뒤따라오면 무슨 시를 남길까
홀연한 마음으로 위아래 굽어보니
서리세월 자국마다 시름으로 얽혔네

세월의 덫, 停年

날마다 술을 마시면 속살이 아리지
끼니마다 나물 삼켜도 쓰림은 매한가지

세월이 창장昶長하여 머릿결도 검은데
마른 벌판으로 나아갈 날 코앞이 낭간이네

이순도 되기 전에 대문을 열어젖히고
바람 세상 가리키는 손짓도 야속한데

문밖이 드넓다고 풍구風甌질 하면 어이하나
십 문 칠 발길 멈추고 서성거리고 있는데

너그러운 하루

귀밑에 새치 가닥 나기 전에는
하루에 말을 달려 천 리를 가려 했지

작달막한 한 사람 떠나가도 서러웠고
숲 사랑이 돌아설 땐 탄식도 했었지

벼슬길 가시길 서성거리던 세월이여
물기 젖은 둔덕에 상추 씨 뿌리는 오늘이여

나라님 봉록에 세끼 밥술 걱정 없었다마는
고라니 여린 눈망울 부엉이 노래 더욱 귀해라

성곽 돌 담쟁이넝쿨 새 눈이 맺히는 날
강 하늘 너울 학이 허공중에 제비를 도네

요란한 꽃노래

숲으로 오시는 저 바람 소리
옛사랑 전갈을 풀었으리라

부엉이 우는 바위 붙박은 움막
두 눈 가랑가랑 강물에 흥겨운데

솔숲 대숲 두견이
쌍쌍 꽃노래 요란하구나

씨앗을 품으면 꽃눈 트이고
말씀을 머금으면 시詩가 영글지

동녘 하늘 멀거룩한 어스름 새벽
난간에 기대어 서서 새 노래에 취하네

뒤돌아보는 인생

오던 길 돌아보니 티끌 먼지만 가득해
절반은 가시길 살짝은 꽃길

보내는 속내마다 신트림 삼켰으니
돌아서는 귓전이야 응당 껄끄러웠지

산꼭대기 오르려면 칡넝쿨 당겨야 하고
독 없는 푹성귀 삼키려면 흙을 밟아야 하는데

손과 발은 게으르고 마음만 분주해
시무룩한 바람마다 돌아서서 눈물 가눴지

손발에 흙 묻히기

독 없는 남새 삼키려
손과 발에 흙을 묻히네

호미 긁어 뿌리 살피면
잎사귀가 반질거리지

대처에 사시는 님들
배추벌레에 화들거리지만

내 발자국 디딘 땅엔
굼벵이가 데굴거리지

가끔은 야심한 밤 시문을 짓고
서울이 그리우면 홀로 잔을 건네지

봄 오는 소리

봄은 꼭, 오고야 말 터인데
찬바람이 눈구름을 휘몰고 오네

햇살 드문 음지 자락
얼음 녹기가 쉬우리야

그래도 두견화는 꼭,
피고야 말 터인데

소쩍새도 다시 또,
노래할 터인데

꿈속의 사랑

꿈으로만 마주하며
몇 번의 봄꽃을 지웠던가

고적한 저녁마다 아련한 옛 생각
유행 가락 구성져도 속내는 애잔해

간밤 다녀가신 그대 모습에
잿빛 머리 치렁거리니 세월을 탓할까

억만 마디 그리운 맘 머금고 사는
부질없는 이 마음은 웅덩이인가

짧아지는 봄밤도
길기만 하네

역이민, 환국(還國)

겉모양도 일그러졌고
속마음도 가늘어졌구나

태평양을 건너갈 땐 푸르른 청춘
환갑 진갑 견디었으니 어련하리야

고향이라고 만만할 리 어림도 없고
늙은 세월 몸과 맘은 오히려 진중해

눈앞에 작은 강도 깊어 보이고
토닥토닥 징검돌도 다시 두드려

떠나갈 때 기척 없이 멀어져 갔듯이
다시 온 길 야금야금 새 뿌리 내렸으면

첫눈에 반한 날

첫 눈알 마주한 지 반백 년이 되어가네
반하여 혼절한 날 몇몇 해런가

말투는 또랑또랑 소쩍이를 닮았으련
이 싹은 오얏꽃처럼 파르라니 희었지

이별 아닌 세월 뒤에 매달린 그리움
창포꽃 필 적마다 돌아가고파

고요한 숲靜林이라서 잠잠할 줄 알았는데
가지마다 쏘살바람 살랑거리고

세월은 노을처럼 익어 가는데
마음은 봄이 온다고 활활활 타오르네

마음 물들이기

흰 머리카락 늘어난다고 둥당거리며
까만 물 흥건히 들여 상투를 쓰다듬네

지난번 다녀간 후 몇 날을 더했나
무서리 나릴 적마다 잿빛으로 얽혔구나

희뿌연 머리카락 수(秀)야도 가고
암갈색 머리카락 신(믄)이도 떠났는데

검정 머리카락 반들거리는 그대
속마음도 푸르게 물감을 먹였는가

머릿결 물들일 때 속내도 염색하여
백 년 천 년 만만 년 복작을 누리시게

110

우리 엄마

허물어진 빈집 보면
고향 생각 깊어지고

하늘 둥실 흰 구름
마음 앞서 달려가네

가다 쉬다 나비 걸음마
노친老親네 마주하면

고향 산그늘 아래
우리 엄마, 엄마 모습

마음 앞세워 비틀비틀
바람 타고 날아가네

바람난 봄날

봄 처녀 바람나면
버들가지가 먼저 아는데
간들거리는 이 마음
그 님이 아시리야

아지랑이 금물결 봄날 익으니
강기슭엔 버들꽃 다투어 피는데
응달산 너덜겅엔
흰 눈이 소복하네

뜨거운 마음

버들가지 꺾으면
푸른 피 흐르고

두견 가지 꺾으면
붉은 피 대롱거리지

피어난 꽃떨기에 눈바람 일면
무슨 색으로 멍들까, 눈물 어릴까

그대 바라는 이 가슴팍
무슨 색깔 피 감돌까

몸뚱어리 쇠하여도
마음은 뜨거운걸

이른 봄

숲속에는
연분홍 두견화

꽃몽우리
당실거리는데

벌 나비 포롱포롱
어디메서 오시는가

만발할 절기는
아직도 아련한데

살구꽃 피면

마른 먼지 하늘 덮으니
꽃 소식도 반갑지 않네

서둘러 핀 저 황매화
그 뉘가 반겨주랴

복사꽃 피기 전에
검은 하늘 맑아질까

살구꽃 피는 날엔
임 마중 가야 하는데

마른 밭에 거름 뿌리며

마른 밭에 거름 뿌리며
눈을 들어 하늘 살피네

빗님 실은 물구름 어디메 계신가
하늘님은 농부 맘 헤아리시지

내일모레 주룩룩 단비 나리면
또록또록 남새들 속 눈 뜨겠지

그리하시면, 그런 날 오시면
새벽마다 눈 맞추며 말 걸어야지

서러운 님 마주한 듯
다정해야지

마음 거문고

속마음에 거문고 엮어 세월을 퉁기어 보네
모가지에 은빛목걸이 걸고 넘은 이순耳順의 고개
자국마다 봄 봄 그리운 너였구나

재주 많은 사람들 세월 앞질러 가고
부질없는 벗님들 손에 땀만 쥐었지
재주도 땀 내음도 하늘이 내린 미록美祿이라

한 잔 술에 부으면 한 모금인걸
날마다 흥건한 맘 시를 짓는 이유는
꿈결마다 피어나는 그리움이라

오늘도 해맑은 아침을 열며
인정 넘쳐 복 된 날 유행가를 부르리라
여섯 줄 거문고로 그대 내음 퉁기리라

아버지의 18번 곡조

유행가를 흥얼거리다
아버지 얼굴 떠올리네

탁배기 한 잔 술에
풍상 세월 18번 가락

낯선, 타관 땅에 의지할 곳 없던 신세
삼학도 깊은 바다 푸른 물결 넘실거리는데

하늘 가신 아버지 푸른 창공에
갈매기만 기루룩 그리워 우네

* 18번: 18번은 본인이 가장 잘 부르는 노래의 대명사다. 1910년대 아사히신
문사 주관으로 러시아 오페라 가수를 초청하여 히비야 공회당에서 공연을
열어 대성황으로 일본 열도를 흔들었고, 이에 앙코르 공연을 청하지만 거절
당한다. 계획되지 않은 스케줄에 대한 사절인데, 사실은 러일전쟁에서 승리
하고 교만심에 빠진 일본인들에게 문화예술은 러시아가 상위임을 묵시한 예
술가의 애국심이었다. 하지만 공연 종료 다음 날 아침, 초청 가수가 묵고 있
던 호텔로 60대 노인이 찾아간다. 노인은 밤을 새워 만든 양복 한 벌을 내놓

으며, 색상과 디자인과 치수는 자신의 육감으로 만들었음을 고백한다. 그리
고 그의 노래를 듣고 싶었던 평생소원을 말하며 앙코르 곡을 청한다. 이에
감동한 러시아 가수는 전날 저녁 공연에서 20곡 중에 18번째로 불렀던 곡,
러시아 민요 〈볼가강의 뱃노래〉를 부른다. 이 사실이 세상에 알려지면서 18
번째 부르는 곡이 최고로 잘 부르는 노래라는 사회적 통념이 형성되었단다.
하지만 일본인들은 그들의 전통 인형극 중 가장 인기가 있는 18개의 극이 있
음을 풍설하며, 18번의 유래로 친다.

어머니의 18번 노래

해당화 피고 지운 쪼그라든 가슴팍에
봄꽃이 피었는가 동박새가 우짖는가

반짇고리 끼고 앉아 흥얼거리던
참을 수가 없도록 가슴 아픈 세월, 세월

여자의 일생이라 울어야 하나
고달픈 인생길 엄마의 길이었나

나비걸음 뒤뚱뒤뚱 남긴 발자국
자글자글 주름마다 눈물강 흐르네

님 생각

임 마중 지팡이 짚고
천년을 사려네

동구 밖 두레박 우물
어느 못과 내통_{內通}할까

퍼내어도 마르지 않는
내 마음과 같아라

그댈 향한 이 마음은
옹달샘이라

시를 적는 마음

서쪽으로 흘러가는 강기슭에서
훈풍에 새 눈 틔운 구절초를 마주하네

사람들은 짧은 봄날 저어하지만
딱따구리 똑딱거리는 새벽마다 좋아라

어둑하면 불 밝히고
날 밝으면 창 걷으며

씨줄로 발그레한 님 얼굴 그리고
날줄로 녹두 빛 내 속내 엮으며

시를 적는 이 마음 날마다 흐뭇해
흰 종이에 뿌린 먹물 억만년 흘러가리

춤추는 뽕나무 뿌리

촉촉한 봄비 속으로
느린 마음으로 걸어드네

작년 가을 마른 겉옷
가랑비 빗방울로 적셔나 볼까

마음은 이미 옛 생각에 취했는데
한 바가지 술을 드신 발걸음은 꼿꼿하네

어제 핀 매화꽃 잎
빗물 머금어 축절거리는데

뽕나무 마른 뿌리
땅속에서 춤을 추네

비틀거리는 마음

허득륵 피는 풀꽃 어디 있으랴
곤곤한 마음만 붓질도 없지

서둘러 피어난 매화를 보고
시샘 안 하는 살구나무 어디 있으랴

눈앞에 봄꽃이 흐드러지고
산들바람 눈썹 위에 내려앉는데

간들간들 가슴 밭 귀퉁이에는
갈바람이 싸각싸각 서걱거리네

꽃 날에 허룩한 이 마음 왜일까
비틀거리는 발길 따라 속내도 건들거리네

비단 버선 신은 님

꿈속에서 어깨 걸고 나란히 걸었는데
깨어보니 천 리 밖 한양 땅 멀고 멀구나

청산에 난 옛길 낙엽에 묻히지만
내 맘속 너의 길엔 방초도 나질 않아

간밤에 다녀가신 비단 버선 길
맘속에 반들반들 또렷도 하네

가는 봄날

밝은 날에는 나무 그늘에서
도토리나무에 버섯 포자를 붙이고

어둑해지면 책상에 기대어
저승 간 선사仙士를 책 속에서 뵈옵네

사는 곳이 한적하여
오고 가는 발길 드물지만

한 잔 술에 꽃잎 벙글면
가는 봄도 서럽지 않지

산양현 죽림칠현 어디메 계시는가
봄날은 다시 오고 사람은 영영 가는데

마음의 곳간

산속에 깃들어 살면
바깥세상 궁금하지 않지

꽃 피면 봄날이고
천둥 내리면 여름인데

처마 밑에 거미줄 엉긴다고
근심할 산새가 어디 있으랴

국화꽃 화사하면 가을날 깊고
얼음발 곤두세우면 봄 가까이 오심이여

귀 문 걸고 눈 감은 은둔 세월에
마음 곳간은 그득해지네

마음 벼르기

한가로이 술잔 비우며 허송할 세월 어디 있나
창과 칼을 꼬나줘야 오랑캐를 막을 수 있고
읽고 쓰고 두 눈 닦아야 세상에 나설 수 있지

적막 산중 거사라 구름 뒤에 사는 것 아니야
강 물결 움켜쥐며 달님 붙들 순 없지만
세상으로 휘몰아치면 손바닥 위에 천하지

수중지월水中之月 허공지살虛空之殺 마음 벼리면
마른 바람 흙먼지 날리며 내달릴 날 멀지 않으련
지푸라기 세상사, 허깨비 잡치러 달리련

스스로 지은 호
– 활초(活草)

푯대 하나 지향하며 마음을 가다듬어
살아낼 작심作心으로 호號를 지었네

성인이라 불린 이들 그 누구가 가르쳤나
스스로 버리어 어진 덩어리 되셨지

지나온 굽이 자국 뒤돌아보니
고단한 생각들이 고독한 스승이었고

땀 내음 배인 나의 손발이 속절없는 문하생
뒤쫓아 온 발자국이 허룩한 수제자라

지금은 불씨 하나 영글은 열매
시들다가 피어난 활초活草로구나

기다림에 멍든 사연

오고 가는 길섶엔 새싹들 또렷하고
초막 마당 뜨락엔 설중매가 몽우리 졌네

앙다문 저 초롱꽃 무슨 사연 머금었을까
온다던 님 아니 오셔 설운 멍울 아물었나

매달린 조롱마다 목 매인 듯하고
벙글면 주룩 눈물 흐를 듯하네

꽃샘바람

꽃 몽우리 배시시 서둘러 오셨기에
비단 잔에 술을 부어 축배를 들었네

하늘 먼 길 구름 뒤에
얼음 바람 왜 몰랐을까
벙글어 피기도 전에 된서리 휘몰아 들어

장롱 속 털저고리 서둘러 꺼내
보들보들 아리 당실 꽃가지를 휘감았네

만약에 내년 봄을 다시 허락하신다면
피어나기 전에는 건배 들지 말아야지

하늘나라

하늘 집 가는 길 몇 굽이인가
그곳으로 드는 것이 인생길 꽃길이지

밤과 낮 따로 없고 신선들 노니는 곳
보름에도 그믐에도 유하주流霞酒만 드신다지

이 세상엔 여러 꽃 봄날에 피고
찬 이슬 나려야 국화꽃 벙그는데

봄가을 절기 없는 천상 하늘엔
봄 철쭉도 구절초도 어울려 피겠지

이 꽃 저 꽃 아울러 흐드러진 뜰
그대는 꽃 무리 속 신선이 되시리

무덤에 피어난 봄날

걸어서 나아가다가 멈추어 서서
묘지 안에 누운 선사 숨결을 헤아리네

간들거리는 빗방울 꽃떨기 흔들고
우산 없는 나그네 옷깃이 젖는데

능수버들 천만사 휘늘어진 기슭에
삿갓 바위 한 자락 외로이 고즈넉하네

강 언덕 끼고 누운 저 무덤은 뉘실까
봄 나절 생기 돌아 잔디 푸르름 또렷한데

직각으로 걷는 길

녹슨 금테 모자 바람벽에 걸어 두고
스무 살 앳된 영혼 푸른 반지로 도사려 사네

철학의 수려함은 반듯한 행실에 있고
산기슭에 기댈 생각은 고향이 씨앗이지

수련원 휘달리던 일기당천 동기들
형상은 저마다이나 철학은 하나였지

사십여 년 유수 세월
방방곡곡에 흐드러지게 피어난 꽃

천만사 씨줄 날줄 어울려 사니 복락인데
잿빛 머리카락 드문드문 성글어도

가슴팍에 새긴 혼魂 각성覺性은 또렷해
사관 모帽 복服 바라보며 직각으로 걸어가네

동창회

여기저기 꽃 무리 검붉어지니
이리 가자 저리 가자 청하는 님 많구나

흰 머리 잔주름에 큰 주름 겹치면
부지런도 분망함도 허무이려니

잠잠하던 마음 밭에 회오리가 일었는가
천만사 버들 갯가 홀로도 넉넉한데

데킬라를 흔들면서 손짓을 하니
유리 면경 앞에서 속눈썹을 그리네

황금 대나무 심은 날

날마다 거름 내음 흙을 밟으며
호미 손을 바지런히 꼼실거리네

몸짓이야 설익어 어눌하지만
혼을 심던 어버이 유습遺習이련가

옮겨 심는 나무마다 혼불이 일어
마디마다 새록새록 숨결 파랗네

오늘은 봄비 나려 촉촉한 터에
금 대나무 심고 나니 마음도 금빛이네

죽림칠현 청산 그늘에 은둔했어도
새들 노래 엷은 안개 흐뭇했으리

산에 사는 사람

산에서 사노라니
바깥세상에 무디어

두견화 꽃 무리 보고
봄이 온 줄 알겠네

옛길 묵은 솔밭에는
송진 내음 그득하고

청바람이 꽃가지 흔드니
새벽 달빛이 간들거리네

앵두나무
달빛 아래서

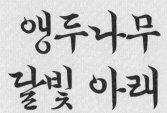

앵두나무 달빛 아래

들새 우는 뜨락에
앵두나무 심어 놓고
분홍 꽃 벙그는지 달빛 아래서 서성거리네

꽃게비 오시는 날
기약한 님 어디메뇨
게비여울 아지랑이 강남 게비 쌍쌍인데

솔밭에는 두견화 드물게 피고
시냇가 수양버들
연둣빛만 초롱거리네

앵두나무 달빛 아래

들새 우는 뜨락에 앵두나무 심어 놓고
분홍 꽃 벙그는지 달빛 아래서 서성거리며

한가로이 느리게 허리띠를 늦추고
어두운 창공 기룩거리는 갈매기를 헤아리네

날 밝으면 가지마다 환하게 피어날까
벌 나비 덩실덩실 쌍쌍으로 날 텐데

간들간들 기다리는 맘 달빛 아래 호젓한데
부질없는 강 물결은 처럭처럭 울고 있네

까마귀 오신 날

솔밭에는 두견화 드물게 피고
시냇가 수양버들 연둣빛 초롱거리네

강촌에 살다 보면 거울을 멀고
줄지어 나는 새는 빙글빙글 눈앞인데

어젯밤에 부엉이 용마루에 앉았더니
오늘은 까막새가 나래를 접는구나

작년에 지은 집이 산자락이 되었는가
새들 노래 구성지니 낙원인 듯 흐뭇하네

돌의자에 앉은 생각

소나무 아래 간들간들 두견화를 심어 놓고
반반하게 비뚤어진 돌의자에 앉았네

바람결 타고 먼 곳에서 피리소리 들려오고
강기슭 태공太公들 뒷모습 한가로운데

꽃제비 오시는 날 기약한 님 어디메뇨
제비여울 아지랑이 강남 제비 쌍쌍인데

강 건너 장림長林 숲은 왕조시대 고구려 터전
연탄여울 뱃나루는 목은牧隱 이색李穡 댓잎 던진 곳

옛 선인들 저 강에서 신선놀음 하였을까
속세 물감 얼룩진 마음 꽃님 생각뿐인데

시샘 바람

숲속에 쌓인 낙엽 마른 듯 서걱거리는데
가지마다 초록 새 눈 앙증스레 또록하구나

금테 모자 벗어 놓고 호미 든 지 몇 해이던가
일자이던 발걸음 은연중에 팔자 자국을 남기네

푸르른 날에는 무서리도 고까짓 것 하였는데
회갑자를 돌아 오르니 꽃샘바람도 버겁구나

꽃 너울 휘감는 저 바람 어이할거나
연분홍 두견화 시퍼렇게 멍이 드는데

거둘러 싼 마음 보따리

오늘도 한양 하늘 바라보면서
돌아갈 맘 보따리를 가지런하게 챙겨놓네

언제이랴 그런 날 여흥 땅 등질 날
봉록 관직 내던지고 돌아서던 저녁처럼

호릿하게 야윈 마음 황토돛배에 그득 싣고
소리 없는 물결 속 헤아리며 흐를 날

여강 흑천 두물머리 동호나루 흐르면
에헤야 노들나루 소금창고鹽倉에 닿으련

꽃밭에 뜬 달

꽃을 찾아 나서지 않아도
꽃 숲에 서 있고

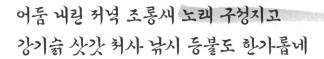

달 따라 헤매지 않아도
머리 위에 달님 오셨네

어둠 내린 저녁 조롱새 노래 구성지고
강기슭 삿갓 처사 낚시 등불도 한가롭네

피어난 꽃 떠오른 달
내 얼굴에 익었을까

손거울 펴기도 전에
맘이 먼저 어질거리네

달빛 기러기

황포돛배 난간 위에 하얀 달이 솟았네
늦은 밤도 아닌데 밭길 뜸하고

철석거리는 물섶에는 저녁 학이 깃들었구나
저 물길 흘러 흘러 노들강을 지나면

손바닥이 따사로운 고운 님 계시리야
은거하듯 시를 적은 밤 몇 천 날이던가

달빛 기러기 줄지어
서쪽으로 가는데

느긋하게 오는 봄

강기슭에 심은 벚나무
꽃 더디게 피는데

남녘에는 꽃잎 진다고
가는 봄을 아쉬워하네

서둘러 핀 꽃가지 텃새들 노래하고
바람난 기러기는 한양으로 가는데

느긋한 꽃봉우리 어느 때 벙글리야
계으르게 피는 봄꽃, 오히려 반가울까

마음은 새파란데
발걸음은 느려지네

이승과 저승 사이

황토 배 기슭에 봄바람 살랑거리니
초록 버들이 덩달아 춤을 추네

저 강기슭 물 연꽃 언제쯤 피어날까
물거울에 여울지면 옛님 같으리

회갑자 돌아선 나그네 넉넉한 이 외로움
버들 갯가 사는 그대 물결 편지 읽으셨나

내년 봄 버들잎 연두로 다시 피는 날
옛날에 그리웠다오 빈말 건네면 무엇하리

이승에서 손잡지 못하면,
저승에서 마주친들 그대인 줄 알 수 없으련

둥둥 뜨는 꽃 이파리

두견새 울고 간 숲
꽃바람은 쓸쓸하구나

간들거리는 꽃비에
지척 미끄러우니

한 잔 술에 취한 나그네
발걸음도 비틀거리네

눈 아래 강 물결
흐르는가 우시는가

거꾸로 잠긴 산그늘에
꽃 이파리 둥둥 뜨는데

꽃 시절 옛사랑은
어디메서 울고 있나

홀로 우는 종다리 노래
둘이 들으면 좋으련

둘이 부르는 소쩍이 노래
따로 들으면 설우련

새들의 짝사랑

겉으로는 색칠을 했는데
속내는 물들이지 못하였구나

몸뚱어리는 지척인데
마음은 천 리 같으이

강기슭에 살면은 새들이 벗님이라
붉은 깃 푸른 털 모양도 색도 각각인데

물 위에 헤엄친다고 날지도 못하리야
청둥새 솟구치면 천 리 길도 반나절이리

휘돌아 오르는 뒤 새 께짝은 어디메뇨
공중께비를 돌지만 입 맞추지 못하네

시샘하는 봄바람

피고 지는 꽃 세월이 우연인 줄 알았더니
봄날마다 한 해가 다시 왔다고
포롱포롱 산새들이 노래로 일러주네

어제는 소쩍이 노래 오늘은 종다리
분홍 벚꽃 노랑 나리 화사하더니
오늘은 맑은 웅덩이 떨어진 꽃잎 그득하네

향 내음 포실거리는 봄바람은 칼날인가
벙글어진 딸기딸기 모가지가 달랑거리고
동동 뜬 꽃잎마다 얼룩 멍이 들었구나

청보리 사랑

돌바위 물단풍 시드니 봄날 멀어지는가
뜰 모롱이 대추나무 새 눈 아직 이른데
먼 자락 분홍 들꽃 초록 물결에 잠기어가네

오늘 나리는 이 부슬비 끝 봄 매달면
청보리 고개 들어 우쑥우쑥 자라겠지
보릿대 출렁출렁 눈 가리면 어이할거나

넘실거리는 이랑마다 종달이 노래
달빛 아래 맑은 눈동자, 님 마중 가서
어화둥둥 치마폭에 휘감겨야 하는데

인생 역전

천만사 실버들은 아침마다 새로운데
한 자락 물바람에 앵두꽃이 지는구나

긴 낚싯줄 물속에 드리운 처사
지운 세월 되낚았을까

대여섯 치 떡붕어 연꽃에 기대어 놓고
버들 섶 마른하늘엔 갈매기 재주 부리네

한 세상 하세월은 봄에서 봄으로 기우는데
한 줄기 회오리바람에 흰 구름이 솟는구나

발해 옛 터전

흘러가는 저 구름 어디로 가나
해동성국 옛터는 광활도 한데

사이훈 강 푸른 물결
보재博齋 이상설李相卨의 혼줄인가

이역만리 바깥에서
이역만리를 그리는데

유허비 기슭엔 찬 기운 돌아
고국처럼 봄날은 멀고도 멀구나

* 이상설(李相卨): 1871~1917. 진천 출생. 대한제국 의정부 참찬을 역임한 일
제강점기 독립운동가다. 1907년 만국평화회의 특사로 파견된 이후 해외 독
립운동기지 건설에 이바지했다. 연해주 블라디보스토크에서 1911년 권업회
를 창설하고 1914년 러일전쟁 10주년 기념일을 기하여 대한광복군정부수립
을 주관하여 정통령에 선임됐다. 1904년, 일제가 황무지의 개간권을 요구했
을 때, 박승봉과 연명으로 반대하는 상소를 올렸고, 이 해 8월에 대한협동회
(大韓協動會) 회장에 선임됐다. 1905년 을사늑약 체결 당시, 조약 체결 결사반

대와 오적(권중현, 박제순, 이근택, 이지용, 이완용)의 처단을 주장하는 상소(上疏)를 고종에게 5차례 올렸으나, 12월 관직에서 물러나게 되고 자결 시도는 실패로 돌아갔다. 이후 국권회복, 애국계몽운동에 앞장섰다. 1906년, 영의정에 임명되었지만 사직했다. 1907년, 러시아 제국군주 니콜라이 2세의 발의로 네덜란드 헤이그에서 제2회 만국평화회의가 개최되자 고종의 명을 받아 헤이그에 밀사로 파견(이준, 이위종 동반)되었으나 일제의 계략으로 참석을 거부당했다. 1917년 4월 1일, 연해주 니콜리스크에서 병사(病死)했다. '동지들은 합세하여 조국 광복을 기필코 이룩하라. 나는 조국 광복을 이루지 못하고 이 세상을 떠나니, 어찌 고혼인들 제국에 돌아갈 수 있으랴. 내 몸과 유품은 모두 불태우고, 그 재(災)도 바닥에 날린 뒤 제사도 지내지 말라.'는 유언을 남겼다. 유언에 따라 유해는 화장하고, 문고도 모두 불태워졌다. 이곳에 이상설 유허비가 있다.

* 유허비 위치: 러시아 블라디보스토크 라즈돌라야 강변

꽃시계

몇 시쯤일까
인생 시계 걸려 있는 저 꽃 언덕
부슬비 잦은 것은 봄날이 깊어진 까닭

해거름에 멎은 비 검은 구름 사이로
둥근 달님 오시니
까마귀 날아오르는구나

달빛 아래 저 능금 꽃 부스스 지고 나면
연분홍 살구꽃은 외로워서 어이할거나

검붉은 꽃 아래에서는 취하지 말아야지
저 꽃님들 날 보고 헛웃을지 모르니
익청이(익어가는 청년)가 더 헤프다고 깔깔댈지 모르니

연해주에서 부친 편지

낯선 하늘 설익은 블라디보스톡을 걷다가
바람벽에 노곤한 우체통을 마주했네

저 통 속에 무슨 사연 묵어있을까
사랑바람에 시를 적어 먼 곳으로 띄워볼까

몸둥이 시들어 두 발길 휘청거리면
하늘길 멀지 않아도 또, 나설 수 없으련

연해주 아무르강 푸른 물결 언덕에
재갈매기 바람 타고 남녘으로 가는데

그리운 맘 또록또록 시로 적어서
빛 낡은 바람통에 슬며시 넣어보네

블라디 대륙열차

니콜라이 머물다 간 동방 항구에
검정 잠수함 고래 등 반쯤만 뵈이는데

시베리아 대륙열차 숨 고르는 정거장
붉은 융단 펼친 자리 빗방울이 뚜룩거리네

붉은 깃발 마주 잡고 칼 들었던 사람들
떠나고 남은 자리 물버들 간들거리니

바람은 봄기운인데
대지大地는 잿빛이네

* 니콜라이 2세: 제14대 러시아 황제. 1894~1917년 재위. 1868년 출생, 1918년 50세의 나이로 사망했다. 러시아제국 마지막 황제이자 폴란드 차르, 핀란드 대공이다. 본명은 니콜라이 알렉산드로비치 로마노프로 1917년 2월 볼셰비키 혁명으로 퇴위했으며, 이후 알렉산드롭스키 궁에서 가택연금 당했다. 1917년 여름 임시정부 결정에 의해 가족과 함께 토볼스크로 보내졌고, 1918년 봄 볼셰비키에 의해 예카테린부르크로 옮겨졌으며, 1918년 7월 이 파티예프 집에서 가족들과 함께 총살됐다. 영국 조지 5세의 이종사촌으로 둘

의 어머니 다그마르와 알렉산드라가 자매이고, 아내 알렉산드라 표도로브나
는 독일의 황제 빌헬름 2세와 이종사촌으로 둘의 어머니 앨리스와 빅토리아
가 자매이다.

생각의 안개

푸른 창공 이슬 능선에
청솔 나무 심은 날 언제이던가

노을 붉은 세월 속에 자라난 솔 이파리
산새 들새 깨기 전 푸른 안개 아른거리는데

오월 앵두 가지마다 햇살에 붉어지고
백작약은 넓죽넓죽 위태롭게 벙글었네

거북 껍질 제 그림자 드리운 왕소나무
줄기마다 굳은 철갑 거칠거칠 두툼하지만

한 줄기 골바람 건들건들 휘뚝거리니
흔들거리는 가지 따라 옛 생각이 춤을 추네

회자정리(會者定離)

화사하던 꽃 시절 엊그제 같은데
가을꽃 시들기도 전에 잡풀 또한 무성하네

꽃바람에 책갈피 넘기며 취하던 날 언제이던가
선현들 남긴 말 취중醉中에 아물거리는데

능수버들 초록 물결 서해로 가고
화들거리던 꽃 이파리 시들어 떨어지니

오래된 사람 사이 오가는 말 잠잠해지고
눈웃음치던 꽃떨기도 취한 듯 갸웃거리네

마른 낙엽 오솔길 수풀 속에 묻힐까
어질거리는 기분은 헛것을 본 듯한데

서쪽 하늘 저 멀리 검은 구름 덮이고
소쩍새 하늘가엔 솔꽃가루가 해를 가리네

무정한 세월

호랑버들꽃 분가루 눈발처럼 날리고
외딴섬 아카시아 향기 강을 건너오시는데

물이끼 자라나는 기울어진 선착장
황포돛배 님을 싣고 그 어느 날 오시려나

갸웃거리는 솔잎 사이로 가느다란 햇살 맑고
물 건너 강마을 절골처럼 한적하여라

오늘 아침 울고 간 새 어느 님의 짝일까
솔꽃 향기 기슭에서 지새운 지 몇 날인가

멀 자락에 깃든 세월에 새치 가닥 엉클어지니
피고 지는 꽃 세월도 마른 들처럼 무정하구나

드문 인생길

안개 자욱한 지난날 거울처럼 뒤돌아보며
이 옳고 저 그르다 삿대질 왜 하시나

나 아닌 너를 위해 살아낸 날 몇 날인가
맑은 면경 마주하면 너나 나나 민망하지

한 동이 술 마신다고 만고 시름 해독되나
깨어나면 거친 세상 얽매임이 통속인데

쓴 말 단 말 푯대 들고 구호처럼 흔들지 마라
한 잔 술 건네는 손길 열 마디 말보다 값진걸

환갑 진갑 다 보내고 고희로 가는 길
남은 여정 투박하다고 갈지자로 걸으리야

티끌세상 간간이 잔을 건네는 이유는
성글은 머리카락 가다듬기 위함이라오

되돌릴 수 없는 인생

컷불 푸르던 그 시절로 돌아가지 않으리
뒤뚱거리던 첫 발길 홀로 서럽던 그 날

앙다물고 새 탑 쌓으려 결연하게 맹서하고
남모르게 또록또록 손 글씨 적으며
촘촘하게 씨줄 날줄 나를 얽었지

바람 불어 낙엽 날려도 산 그림자는 남아 있고
마음 밭에 빗물 흘러도 그리움은 그대로이듯

인생사 회갑자 돌아도 오늘은 단 하루
차일피일 입살이로 넉살 부리면
게으른 발자국은 비틀거리기 마련이지

꽃 떨어지고 단풍 든 날 우연히 거울 보면
거죽은 멀쩡한데 마음은 일그러졌고

머리카락 엉클거리는 어디서 본 듯한 님
스쳐 간 세월 아쉬워한들 되돌릴 수 없으련

너그러운 생각

하늘 날으는 저 기러기
떨어지랴 어지러울까
물 위에 간들거리는
황포돛배 한가롭구나

봄날엔 꽃 무리
님 그리운 흙을 걸쳤었는데

호락거리는 불꽃 단풍
산 너울에 익으면
기울어진 정을 담아
한 잔 술을 건네야지

흰 눈 나려 물길 얼면
서러워서 어이할까
잿빛 머리, 골 주름 늘면
봄날이 그리울 텐데

야속한 사람

가랑비 부슬거리니
목마른 초목 너울거리는데
꿀 머금던 벌 나비 날개를 접는구나

이 비 그치면 청바람에 부용꽃 피고
포롱포롱 벌 나비 다시 날겠지

헛살아 온 인생사 얼룩진 나날
마주하는 사람들 벌 나비 같으면 좋으련

야박한 속마음에 빨간 그림자 끼었으니
비 그치고 햇살 난들 그대 어이 마주하리

만백성의 원수들

잔잔한 강여울 홀로 앉은 저 태공
숯 덩어리 검은 사연 얽혔는가
등걸 짝이 산 너울로 휘굽었구나

저잣거리 헌한 사람 빈 술통 낡고
갓 지붕 아래 끼리 패당들
썩은 권세에 굶주렸는데

돌고 도는 마른 권세
거들거리는 꼬락서니
매화낙지梅花落地에 연꽃 또한 부수浮水라

옛 놈 오늘 놈 다를 바가 그 무에랴
만백성 원수 되어 고꾸라진 작당들

세월에 낚이었나 어신魚神에 취하였나
물결 위에 태공 얼굴 근심도 없네

허수아비

바람 난 그림자에
반질거리는 얼굴 가리고
통념을 내던진 허깨비가 되었구나

말들을 피해 말문 닫은 님들의 삿대질
천 리 밖 강기슭에 울려오는데

억지춘향 억지춘앙
도리질은 왜 하는가

노을 억앙 기러기야 너는 알리라
바람 난 허수아비
반질거리는 콧날을

부엉새 노래

솔숲에 지은 집 어둠 나리면
한 마리 솔부엉이 용마루에 나리네

작년에는 갸웃갸웃 곁눈질을 하면서
이웃인가 나그넨가 동태를 가름하더니

꽃 지었다가 다시 핀 이 한밤에는
어둠보다 먼저 와서 소야곡을 부르네

만고의 세월 따라 흐르는 강물
제비 여울 풀섶에는 은은한 풍경소리

두견새 깃든 왕릉에는 솔바람 향기
천 리 밖 그리운 님 부엉새 노래

숙마음

강이 깊으면 물이랑 낮고
하늘 넓으면 달 오래 뜨다네

산골 깊으면 먼지가 일지 않고
사람이 넓으면 발길이 잦지

화로 자주 뒤척거리면 속 불이 식고
문지방 자주 넘으면
발바닥이 문드러지는데

하늘은 왜, 숙마음을 숨기셨을까
겉과 속이 커마다인 건
복이리야 벌이리야

오호라, 짐작이라도 허락하셨으니
의지할 거처는 오직 하늘뿐

님 오시는 날

청산을 얻는다면 숲으로 들고
벼슬을 주웠다면 속세로 나갈 텐데

만약에 옛 님이 옥비녀 풀고
잔주름 마른 얼굴로 다시 오신다면

청산도 뒤로하고
속세도 멀리하고

푸른 강 높은 고개 건너 돌고 돌아서
님 그려 졸인 마음, 말_馬 달려야지

달 나그네

달은 둥근데 빛은 운무에 가리었구나
고적한 밤중 산새들은 잠들었는데
잔잔한 강 물결 위엔
청둥새가 노를 저어가네
철새로 오셨다가 텃새로 사시는
저 사공, 사공님은 어디 가실까
물에 잠긴 으스름달
잔물결에 일그러지는데

고향 생각

천 길 낭떠러지는 그림자가 없고
만 길 강줄기는 물골이 보이질 않네

고향 마을 늙은 은행나무
떠나온 날 몇 해인가

해는 동에서 서로 기울고
마음은 타관에서 본향으로 흐름이여

옛 시 속에서 고향을 읽고
허물진 마음 그리움을 쓰다듬네

밤 기르기

마른 이끼 끼고 지운 지 몇 해이던가
홀로 여읜 세월 허울이 그리웁구나

달빛은 뱃머리 물결에 부딪치고
물보라에 놀란 기러기 나래를 치네

나그네 밤 그리움 시련이련가
하늘 뜬 달 물결 속에 잠기었는데

허깨비 감투 쓰고 삭은 지팡이 짚고
하늘 날아가는 기러기 먼 곳을 살피네

보통 사람

산그늘에 묻혀 산다고
속마음에 이끼 피지 않으리야

구름 뒤에 햇볕 쬐어도
부슬비는 나리고

네온 등 뒷거리에는
청등 홍등이 깜박거리지

저잣거리나 산 여울에나 바람은 있어
날마다 피고 지는 꽃떨기 헤아리며

간들간들 속 태우는 게
사람살이지

이승과 저승 사이

바람결 엷은 안개 저물 듯 밀려 나가고
이슬 젖은 산자락 신선神仙이 나리겠네

청산 또한 세월 따라 질푸르고
인생사 검은 머리 희끗희끗 가늘어지네

장롱 속 비단옷 꺼내어 입어라
오동함梧桐函 반지가락 괴어 두어 무엇하리

꽃향기 맡으면서 들숨 날숨 쉬쳐라
향 내음 사라질 때 그대 또한 가시리

그리운 벗 아린 사랑 견주어 무엇하리
시절마다 마디마다 순어 없이 떠나가는걸

말을 머금은 시

꾀꼬리 아침 노래에
어제 취한 술기운 달아나네

예로부터 선랑들은
취정醉情에 시를 지었지

어느 님은 시화詩話라 하고
어느 형은 시담詩談이라 읊었지

화話랄까 담談이랄까,
절寺 말言은 분명한데

여린 안개 강 물결 귀 기울이며
말言을 지으려니 생각이 물속에 잠겨버렸네

문자와 의식 사이

글자는 다함이 있어도
뜻은 사라짐이 없음이여

행위가 끝났다고 하여
여운이 멈추었으랴

문자 文字의 통발 속에
의식을 가두지 말지라

네가 나를 거역하지 않음이여
내가 너를 지우지 않음이여

멀어져가는 사람

허공중에 흩어지는 소리여
형상은 어디에서 찾을까

강물 속, 둥근 달님이여
건쳐 올릴 수 없음이여

막사발 속, 녹은 소금이여
맛은 남아 있으되 뵈이지 않음이여

맘속에 바글거리는 앙금이여
꺼내어 보일 수 없음이여

꺼이꺼이 멀어져 가는 사람이여
건네지 못한 말들이여

비 갠 아침

간밤에 가랑비 나렸는가
산 자락은 눅눅하게 젖어서 울고

동녘은 밝아오는데
새 노래는 기척이 없네

올 가을은 거둘러 오시려나
구절초 꽃몽우리 7월인데 당실거리네

깨어진 비석 쪼가리

빈터에 스러진 이끼 피어난 비석 쪼가리
바람서리에 뭉그러진 몇 줄 몇 글자

천 년 전 선비는 무슨 말씀 남기셨나
뭉그러진 뒷글자는 무슨 사연 지녔을까

오늘 남긴 내 발자국
직각인가 갈지자인가

천 년 뒤에 오는 처사
노을 타고 다시 오시런

산이 된 사람

천년 뒤에 내가 학으로 다시 온다고
그 뉘가 알아 주리야

오늘 적은 이 글자
훗날에는 바람벽 종이로 쓰이겠지

세월 바다 돛단배에 읽는 시문詩文
물결 따라 흘러가 버릴 정처

먼 곳 사람들 그리워도
외롭지 않은 사람

자연인

나무 사이로 난 길 끝자락에는
나를 기다리는 이, 아무도 없으련

꽃떨기 스쳐간 사람 뒷자락에는
벌 나비가 따름이여, 사람이 꽃이 되셨네

산 나무에 기대어 살다 보면
옷깃에 푸른 물이 들지, 사람이 나무가 되셨네

때로는,
저잣거리 활보보다 은둔이 귀하련

첫눈에 반한 미련

그날 내 마음 빼앗겨버렸지
아무런 대책도 없던 그대에게

훗날을 기약하고 돌아선 발길
나는 마음 잃은 텅 빈 몸

가로등 네거리 은행나무 돌아설 때
허깨비 같은 네 모습 눈앞에 아롱거렸지

어디쯤 가시리야, 내 맘 앗아 가신
속마음, 두 배로 무거울 그대

그렇게 오십 년, 빼앗긴 마음
텅 빈 가슴 방에는 미련未練이 들어와 살지

비 내리는 밤

검은 강 건너에는 염불 머금은 쇠북 소리
저무는 왕릉에는 님 그리는 두견새 노래

달 푸른 밤하늘 먹구름 일어
후루룩 장대 빗소리 요란하네

저 비 그치면
구름 뒤로 고향별 보일까

천지간 칠흑 속 하늘 눈물 비장한데
남녘 그리운 맘 옛님 모습 또렷하네

맘속의 고향

뜬구름 바람살이
타관 사십 년

이역만리 고향 생각
날마다 하루 같았지

동구 밖 천 살베기 은행나무
새 가지에 고향 달 걸었을까

이 밤 문득 강나루에
둥근 달이 올랐네

전하지 못한 편지

속으로만 애태웠네
철들 무렵부터

복사꽃 능금 꽃 연둣빛 둔덕
회갑자 돌아온 봄날은 화사한데

풀잎보다 새파란 마음
덜 익은 기억 속 그날

문득, 네가 나였더라면
그래, 내가 너였더라면

부질없이 떠오르는 생각
끝끝내 아물지 않는,

속내 붉은 마음 그림 시로 엮어서
앳된 그대 소맷자락에 걸어주었더라면

오래된 우정

달 아래 어른거리는 그림자
분명하구나, 자네

두견화 핀 언덕길
뉘신가, 분홍색 피 토하는 나그네

옛 생각 그리운
막역지우, 너무나 멀구나

나뭇잎처럼 시들었구나
비틀거리는 보고 지움

생각의 여백

입다물고 한평생 옥죄이며 닮았네
봄날에 갈꽃 피고
갈바람에 철중매도 벙글었지

직각 보행 사십 년
군화 발자국 뒤로하고
부엉이 우는 숲길 느긋하게 오가는데

어께 나린 가을비 숲이 젖었나
푸른 절벽 강 바위에
돌이끼가 푸르구나

취어 입추 지나가는
노을 붉은데
마음은 여름인 양 푸들거리네

어머님 훈계 <small>19361011~20220616
19780801~20141231</small>

저기 저 산을 뵈라
인생은 산 넘어 산이다

훈련을 못 배기면 죽을 각오를 해라
고향으로 돌아온 주검을 자랑으로 삼으리

네 발로 여기를 등지려면
타관 객지로 떠나거라

강한 줄 알았더니,
나약하기 짝이 없구나

이 과정 잘 마치고,
소위少尉를 다는 날,

대절貸切 버스 전세 내어
꽃다발 들고 오마

오늘 이후 다시는
면회面會 오지 않으마

1978년 10월 1일, 충성대
조국·명예·충용

연초록 푸르름
애처롭던 날

제4부

버들잎 술잔

봄날에 핀 연초록
푸르름으로 애처롭던 날

뽀얀 이 싹 깜장 얼굴
첫 님을 떠올리네

선들거리는 갈바람 매미 노래 멎었나
소나무 아래 구절초 내일이야 피어날까

그리워한 세월 마디 헤아려 보니
하루 같은 서러움에 머리카락 성글었구나

버들잎 술잔

제비 여울비 개어 능수버들 늘어지고
붉은 강물 넘실넘실 서녘으로 흘러가네

봄날에 핀 연둣빛 푸르름 애처롭던 날
뽀얀이 싹 깜장 얼굴 옛님을 떠올렸지

여름 머금은 푸른 잎 초록 익어 검푸른데
치렁치렁 가지마다 붉은 그리움 매달았구나

어느 날에 마주하여 한 잔 술 건네리야
버들 잔에 술을 부어 강 물결에 띄우네

기다리는 마음

갈바람 선들거리니
매미 노래도 그치었구나
소나무 아래 분홍 구절초
내일이면 피어날까

샛강 건너 능수버들
천만사로 치렁거리는데
서녘으로 지는 석양
붉은 노을 타오르는데

넘실넘실 저 물결
어느 날에 황포배 오시려나
간들거리는 가지 사이로
실눈 뜨고 겨누어보네

밤새 나린 비

회갑자 돌고 보니 지난날 새로워지네
푸른 날 사모했단 말 이제 와 무삼하랴
그리워한 세월 마디 씨줄 날줄 헤아려 보니
하루 같은 서러움 머리카락 성글었구나
지난밤 후루룩 비 지나간 자리
댓잎마다 시퍼렇게 멍울졌는데
이 가슴은 먹물 젖은 화선지인가
붉게 익은 그리움 지지도 않네

별로 익은 겨울...

活草

이별하던 날

산 첩첩 물굽이 돌고 도는데
옛 생각 겹쌓여 병풍이 되었구나

나뭇잎은 어이타가 돛배가 되어
님 계신 서편으로 흘러만 가나

산자락엔 밤톨 익어 벙글었는데
갯가에는 구절초 밤이슬을 머금었네

내일이랴 모레이랴
황포 배 기폭 올릴 날

그리움으로 익은 님 옛 모습일까
손 나누고 멀어진 그 날 서럽네

짝사랑

강나루 능수버들
천만 갈래 흩날리고
뜰 앞 구절초 돌계단에 당실거리네

가슴 저린 이별의 정
어느 세월에 다독거릴까
궁궁한 서러움 굴밤 떨어지는 소리

님 소식은 오지 않고
갈바람에 해만 저무는데
성클진 머릿결 솔꽃가루 흩날리네

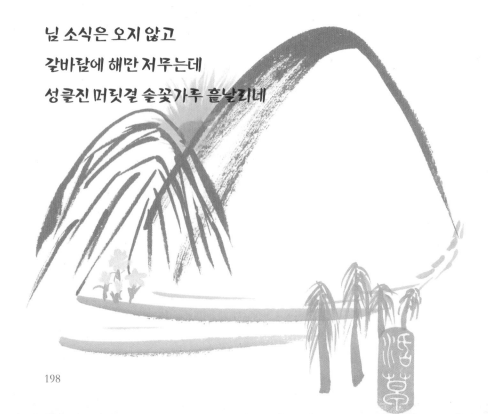

닭 울음소리

재작년에 이사 오신 백 년 노송이
마른 버섯 송송 닳고 시들어가네

늙은 것도 서러운데 바람은 무정하고
나그네 외로운 이마에 달이 걸렸네

삼경이 지났는가 닭 우는 소리
가는 세월 매서운데 목청은 길고

황포돛배 나를 두고 물길 가르네
설운 님 은둔하는 밤 노들강으로 나아가네

계절의 길목에서

고요한 숲숲 새 노래 호사스러운데
어제 지은 웅덩이 돌 폭포 갈래에

서둘러 떨어진 단풍잎이 카랑카랑
내일이면 구절초 피어 마음 은근해질까

단풍 물든 산 너울에
새봄 두견화를 서둘러 그려보네

신선 살이

마른 이끼 청바우에 빗물이 흘러
파르래 한 이파리 호사롭구나

간밤 나린 가랑비 도랑물 되어
떨어진 꽃 이파리 돛배 되어 흐르네

천 년 전 살다 가신 신선
낡은 책 속에서 뵈었는데

동녘에 무지개 핀 오늘
산너울 속에서 다시 만났네

꽃배 떠나는 아침

몸둥이는 가벼워지는데
마음은 왜 무거워지는가
그대 그리운 정 첩첩疊疊으로 쌓였는가

간밤에 부슬비 유리창을 두드리더니
맑은 아침 붉은 강물에
돛배 홀로 떠나는구나

강기슭 푸른 안개
선 잠결에 가물거리는가
뱃길 따라 헤실헤실 님 마중 가네

외박이 눈

머리 좋은 사람들은
한 눈으로만 세상을 보지
선으로, 면으로, 제 각으로 치수를 재고

잰걸음도 완걸음도
제 폭으로만 제단을 해
법法이라는 글자를 스스로 풀이하면서

미끌 매끌 외눈으로
도망갈 구멍을 파지
그들은 그들끼리 도모할 세상이 있어

비뚤어진 그물망에 서로를 가두지
종내에는 망 속에서
끼리끼리 물고 뜯지

밤 폭풍우

와락거리던 밤 빗소리
안개 새벽에 어디로 가셨나
쿨룩거리던 흙탕물 너덜겅 핥퀴셨나

산자락 그득한 웅덩이는
곤한 잠에 빠진 듯 잔잔하고
버들 섬 큰 물결 면경처럼 반반하네

나리고 흐르실 땐 콰라락 우짖다가
푸른 안개 새 아침엔
서러운 듯 잠잠하네

먼 그대

강돌에 부딪칠 땐 울부짖다가
연못으로 흘러들면 잠잠하구나

그대 그리운 내 마음 저 물결 같아라
울컥거리다 자지러짐이 닮은 모양이네

갈바람에 구절초 연분홍으로 벙글고
숲 자락 밤송이 홀로 헤벌어졌는데

깜박거리는 두 눈동자 어느 날 마주하랴
어제 진 달 구름 속에 다시 반들거리는데

학(鶴)이 된 사람

그대를 마주하리라
고대하는 서러움
헤아리며 기다린 세월 멍이 들었네

한 자 두 치 가슴 방에
데굴거리는 그대
천근만근 모진 마음 어이하면 비우리야

강기슭 늙은 학
정든 짝을 잃었나
두 다리도 높은데 모가지까지 빼 들었네

두견새 눈물

지천명 고개 넘어 하늘 나선 님
두견이 소쩍이 고개 즈려가셨나

까마귀 사립문 아래 그대 발자국
두룩두룩 샛바람으로 다시 오셨나

제석천 건너가신 이승의 저편
도란도란 님 목소리 귀청 우는데

아련아련 님 모습 눈알 붉었네
접동새도 울었다오 갈매기도 울었오

동백나무 고양이

저 고양이 가슴팍에
붉은 물 아롱지겠네

동박새 울어 울어
싸늘한 봄날 즈려 밟으면

지는 꽃잎 앙다물어
그대 가슴에 다시 피겠네

겉모양은 고양이인데
속내는 동백꽃이네

고향 생각

마른 바람 담벼락 허물어진 흙 두덩이
빈 마당 뜰 안에는 고삐 풀린 개 한 마리

문간 밖 옥토에는 가시덩굴 무성하고
툇마루 널빤지엔 마른 쥐똥 소복하네

저절로 오셨다가 호젓이 가는 세월
너그러운 그리움 나처럼 품었으랴

떠난 사람 기다리는 맘
묻어 둔 날 언제이던가

허물어진 옛 마을에
고향 생각 왜, 겹치는가

때를 놓친 권치한

매화 향기 맑다 하나
몇만 리에 다다를까

푸른 말馬을 탔다 한들
하세월을 달려가랴

꽃방석 가시방석
오래된 내력인데

오늘 마신 한말 술
어느 날에 깨어날까

비린 권세 치한들
말에서 내릴 때를 놓쳤구나

외로운 갈매기

향기 뿜는 꽃나무에 기대어 서서
기우는 달빛을 홀로 바라네

몇 날인가 낮과 밤
초하루 그믐으로 이어진 난들

하늘 날으는 저 밤새
옛님이 그리운가

작년에도 혼자 울더니
이 밤도 외로이 허공중에 떴네

외로운 돛배

홀로 노를 저어가면
세상 고단함 잊을까

간밤 어둠 속에 동녘 바람 마주하더니
이슬 안개 아침에는 서풍을 마주했구려

오늘이 어제보다 젊어진 사람
하늘 아래 단 하나 있을 리 없고

흙탕 강물은 다시 맑아지지만
회색빛 머리카락 검정 될 수 있으랴

홀로 외로운 저 사공
몇만 년이나 더 서러워 울까

꽃떨기와 이파리 연분 없음이여
애꿎은 상사화 원망을 말지라

詩 詩 따...

活草

연꽃으로 피는 글

시를 짓고 글을 엮는 일
값 매기려 하지 마오

무거이 치면 한 말 술 탁배기랴
뜻으로 재면 진흙 뻘 연꽃이리

연보라 꽃떨기
물에 동동 간지럽지만

황금빛 울타리
뜰안에는 피울 수 없으련

옛 생각

겨울 깊어 찬바람에 무서리 피고
마른 가지 새벽달 외로이 걸렸는데

외씨버선 맨발로 가신 님
날 그리워하시런

무정한 긴 세월
홀로 익어갈 줄 알았더라면

비단 헝겊에 시를 적어
저고리 소매에 매달아 줄걸

빈 가지에 새순 나고 꽃 다시 피는 날
달그림자 스리며 날 그리워하도록

봄 밤

어둠 가득 갯가엔 풀벌레 적막하고
촛불 엷은 방안에는 으스름달 기우는데

강기슭 갈대 잎사귀
맑은 고드름

저 얼음 녹아내릴 봄날 오시면
설중매 황매화도 다시 필텐데

어찌하면 먼 곳 님 봄날과 같이
꽃 시절에 꼭 한 번 다녀가시랴

보름 청둥새

한적한 산자락 외톨이 움막
청솔나무 가지에 푸른 달 걸렸는데

푸럭푸럭 청둥새
어딜 가시나

옛님 그려 서러운 밤은 길은데
몸 멀고 마음 여린 타관 나그네

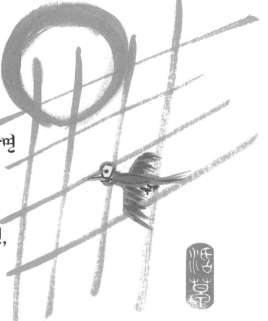

달빛 젖은 눈망울
시려 아리네

이 밤 새워 하늘 날면
그대 창에 닿을까

낯선 새 푹딱거리면,
나인 듯 반기소서

붉은 학

그대는 서편 끝, 나는 동녘 산 너울
새털구름 이어지다가 끊어진 하늘

긴 모가지 긴 황새 나래 지어 어딜 가나
이 내 몸은 어느 때 노들강에 닿을까

앵무새 흐느끼는 호젓한 달밤마다
학이 되어 다녀온 맘 몇만 번이랴

저문 바람 버들 여울 싸늘도 한데
부질없는 긴 한숨 휘파람 늘어지네

제비여울

조각달 어둑어둑 자맥질하는 강마을
먼 옛날 왕조시대 세 나라 국경

저 강물 천년만년 마른 적 없다지만
물결마다 흘러 흘러 서해로 가버렸지

강나루와 강 물결은 서글픈 연분인가
보내고 남는 가슴 남겨두고 떠난 한탄

이별 상봉 교차하는 제비여울 나루터
옛 선비들 돛배 타고 절개 지키려 유유했지

멀고 긴 해와 달 거북등 소나무
쓰러진 고목마다 푸른 이끼 송송하네

청춘 고백

푸른 낯의 이별도
아니 서럽지 않았는데

회갑자 돌아선
그리움도 가볍지 않네

다시 만날 기약이야 만무하오니
어둠 속에 타는 속내 부질도 없지

그래도 한 가지 황홀한 것은
썩지 않을 먹물로
그대 시를 적는 것

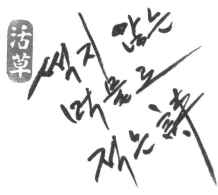

빼앗긴 마음

봄바람은
꽃 이파리 데려가시고

그대는
내 마음 앗아가셨지

그 봄은
또, 새봄으로 오셨는데

그대는 어느 날
내 맘 돌려주려오

바람난 마음

강 자락 억년 절벽 마주한 기슭
한줄기 물바람 솔가지에 걸렸는데,

청솔 잎이 머금은 바람난 마음
어느 날 나를 잊은,
그대에게 보내리랴

솟는 해 지는 석양 금물결 햇살
달과 별 자맥질하는 이 밤도 서러운데

네가 만약 바람이고
내가 혹시 숲이라면

그대는 어느 날 불어오려오

바람과 햇살

햇살은, 인정 많아
자리마다 따사롭고

바람은, 호기 넘쳐
가지마다 흔들고 가네

한 세상 살다 가는
그대와 나는

인정 많은 햇살이고
호기 넘치는 바람이네

바람 난 인연

내 마음은 웅덩이
그대 얼굴 담고 살지

아물은 꽃 몽우리
님의 모습은

잔잔할 땐 단발머리
아릿한 옛 얼굴

살살이 바람 불면
자불자불 일그러져

물결 속에 간들간들 돌아선 듯 허무해
어느 때 저 바람 거울처럼 잦아들까

웅덩이 속 그대 모습
푸르른 날로 아롱지도록

봄날 같은 이별

매화꽃 벙글리니
두견꽃 따라 피고

개나리꽃 피고 지어
복사꽃 님 다시 오셨네

살구꽃 여린 불살
소나기 나리면 어이할꼬

꽃 이파리 멍울마다
가신 님 서러울 텐데

술이 지은 시

청둥새 쌍쌍으로
강물 위에 고상해

둥둥둥 헤실헤실
복사꽃 떨기 닮았으련

한 잔 술에 취한 마음
봄바람 같아라

붓을 들고 휘 그리니
님 모습 아룽지네

가는 세월

한 줄기 갈바람
허공중에 흩날리는데

물거품 될 풍류 가락
애절하게 읊조려보네

하늘이라 믿으리야, 이순의 세월
아련한 옛님도 능금처럼 익었으리

소나무 아래 황매화 봄날에 다시 피시련
지고 피는 꽃가지야 봄바람이 황홀하지

다시 못 올 청춘이야
퍽이나 서러운데

새벽 나그네

물 위에는 선잠 깬 청둥새 동동
갯가에는 휘어진 지팡이 타박 나그네

제비여울 버들 숲 새벽달이 푸른데
어제 들어 취한 술 언제 깨려나

날은 밝아오는데
발걸음은 엇박자이고

물속에 잠긴 달이
빈 술잔을 또 내미는데

13월 꽃비

세상, 바람 부는 세상
세상, 눈 날리는 세상

길목마다 그리운 능선마다 기다림
피어난 가지마다 흩날리는 꽃 이파리

돌아서는 밭길엔 그리운 하나
기슭마다 샛노란 달맞이 꽃떨기

또다시 새 날 환하게 밝아오면
가고 오지 않는 너를 기다리는

너는 오직 나 하나의 보랏빛 환상
나는 꽃 당신만을 마중하는

13월에 내리는 꽃비
13월에 내리는 꽃비

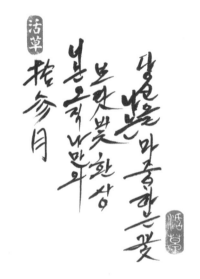

228

14월 눈물비

사랑, 너만 바라는 사랑
사랑, 나만 바라는 사랑

아침에는 나팔꽃 저녁에는 달맞이꽃
봄날에는 살구꽃 갈바람에 구절초

우리는 등불 없이 두 손 잡고 밤을 걷지
너와 나는 걸어서도 강을 건너지

꽃 피는 계절마다 그리운 얼굴
벼랑에 홀로 서서 기다리는 너

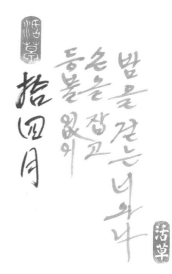

너는 오직 나 하나의 장밋빛 환상
나는 꽃 당신만을 기다리는

14월에 내리는 눈물비
14월에 내리는 눈물비

그대의 기별인가
아련한 기러기 노래

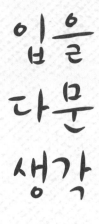

제5부

입을
다문
생각

봄날이 언제였던가
서리꽃 저만치 흥건한데

절기와 꽃은 꽃과 절기는
어쩌자고 멀어졌다가 다시 만날까

사랑을 떠나보낸 서글픈 나는
꽃떨기 지는 소리에 울고 있는데

그대의 기별인가 애절한 기러기 노래
이순 세월 모롱이 철마다 울고 있네

잃어버린 서방님
- 동작동의 6월

꽃 적삼에 가죽신 꽃가마에 연지 곤지
개울 건너 재 넘어 초승달 아래 수줍던 밤
곁눈으로 흘겨보던 님 모습 아롱아롱

불포성 화약 연기 매미 울음 그친 날
이기고 오리라 맹서를 두고,
나랏님의 부름 따라 전장으로 가신 님

그대의 기별인가
애절한 참매미 소리
칠십 년 여름마다 귓전에 울리고

노랫가락에 매달린, 숨 가쁜 그리움은
님 가신 마알간 창공 6월 하늘에
어제인 듯 오늘인 듯 울려 퍼지네

가련한 순정
- 6.25 전쟁 순국 미망인

내 마음은 가을
국화꽃 기다리는 속내
나를 두고 떠나간 당신
꽃으로 환생하는 날

참새 부리 봉우리 영글은 감국화
맑은 얼굴 붉히던 수줍던 세월
피어난 환한 떨기 다시 그리운 그대
나풀거리는 꽃잎마다 두근거리는 가슴

솔깃한 향 내음
설레이는 기다림
향로 불 연기마다
아롱지는 당신 모습

동작동 달밤
- 국립서울현충원

단풍잎 지고 나니
달빛 더욱 푸르네

덩실 구름 푸르던 여름날에는
밤마다 나뭇잎에 가리었더니

갈바람 무서리 겨울날에는
간들간들 가지마다 한량閑良이 그려

고즈넉하게 환한 밤
님 생각 더욱 간절해

애타도록 그리운 맘
푸른 창공 올려보니

기러기 떼 석양夕陽인 양
노들섬 비켜가네

어여삐 그리운

– 동작동 가을

자박자박 작은 걸음 내디디다가
본병처럼 울컥거리는 싸늘한 가슴

푸르던 가지 열매 소슬바람에
붉은 윤기 반질반질 환하게 익었는데

내 살아 온 날들에는
매달려 익지 못한 서러운 열매, 열매

묵은 세월 가슴팍에 피어난
그리움만 따끔거리는구나

꽃으로 화한 당신

꽃이라고 혼령이 없으리야
철마다 피고 지는 떨기

한 줄기 햇살 한 자락 바람에
피어나는 봉우리

붉은 꽃은 붉은 혼
푸른 꽃은 푸른 혼

동작동 꽃나무는 푸르른 자유혼
서달산 공작봉 노들강 별님처럼

저승으로 가신 낭군
- 미망의 기원

보내고 남겨진 사람
나뿐인가 하였는데

당신처럼 가신 님
울안에 가득하네

넓은 골 반반한 터 줄지은 비석
하늘 땅 마주한 애증의 지평

백합꽃 융단 같은 새하얀 눈밭
내디디면 저려올까 두 손만 모으네

그림자도 없는
- 공훈과 보훈 사이

호국 영걸英傑 묘역을 두루 거닐며
공적을 추앙해도 비석은 말이 없네

산천초목 눈비바람 거치른 숨결
앞다투며 나아가던 가파른 총질

햇살 뒤에 따르는 걸출한 그림자
돌아보지 않으면 알 수가 없네

태양이 높을수록 그림자는 짧은 법
저녁놀 지고 나니 흔적도 없네

달 아래 부르는 노래

- 대통령 묘역

지난밤 찬 서리 푸른 댓잎 서럽게 울고
울긋불긋 단풍잎 호리호리 오그라졌네

가을인가 겨울인가 서걱서걱 우는 갈잎
오늘 밤 서리 나리면 달님 눈 흘기시려나

마른 잎 지기 전에 불러보는 소야곡
가신 님 18번, 아롱지는 서달 능선

북소리
— 동작동 진혼곡

새벽부터 저녁까지 둥둥거리는 북소리
새들은 새들끼리 짝지어 포롱거리고
잎새는 잎새끼리 바람결에 정을 통하네

고고하게 잠든 그대 저 북소리 들리는가
헛잠에서 깨어나거든 내 마음 품어주오
칠십 년 얼어붙은 냉가슴 녹도록

1953—2023

活草

추모의 노래

만발하신 꽃님들 너무 거러워
나아가던 발길 멈추어 거거

그대 남긴 18번 노래 불러 우노니
다시 한번 넘의 모습 보고자웁네

산새는 우짖다 말고 깃을 세우고
잔잔하던 뜨락에선 잔바람이 이네

가련한 오월
- 맘속에 품은 생각

동작동에 누운 님 꽃무리에 잠겼어라
한강 물 억년 세월 서해로 유장한데
노들섬 능수버들 물결에 태기질하네

목멱산 탑 그림자 동편으로 눕고
살구꽃 가지 사이 쌍쌍으로 나는 새
이지러진 저녁노을 가련한 오월

속내 붉은 미망인 촘촘한 걸음마다
울긋불긋 자부러지며 팔락거리는 꽃 이파리
두견새 울어울어 하늘 무너지겠네

* 목멱산(木覓山): 서울 남산, 270.85m. 서울 중구와 용산구에 걸쳐 있는 산. 정
상에는 N서울타워가 있으며, 그 부근까지는 케이블카가 설치되어 있고 남산
1·2·3호 터널이 뚫려 있다. 남산은 조선시대 태조가 1394년 풍수지리에
의해 도읍지를 개성에서 서울로 옮겨온 뒤에 남쪽에 있는 산이므로, 남산(南
山)으로 칭했으며, 이곳에 목멱신당이 있었는데, 이 신당은 목멱대왕 산신을
모시고 있어 목멱신사라고 불렸고, 이때부터 이 산을 목멱산(木覓山)으로 불
렀다. 종남산·인경산·열경산·마뫼 등으로도 불렸다. 정상에는 조선 중기

까지 봄과 가을에 초제(醮祭)를 지내던 국사당과, 경보통신제도의 하나인 봉수제의 종점인 경봉수대(京烽燧臺)가 있었다.

아, 대한민국

나라가 울타리이면 자유는 영혼
아비가 기氣라면 어미는 얼魄

울과 혼이 얽히고 기와 얼이 설키면
마침내 너와 나, 그리고 해로동혈

끝끝내 번쩍번쩍 아~ 대한민국
끝끝내 반짝반짝 아~ 자유민주주의

모진 서리꽃
- 애끓는 미련

그리운 것은 그리운대로
낙엽과 함께 떠나가는가

갈잎 헤진 가지마다 칼칼한 바람
하늘 나린 정한인가 휘날리는 눈발

차마 녹아내리지 못한 서러움
가지마다 피어나는 모진 서리꽃

여의고도 보내지 못한 아련함
가슴속에 품은 그대

억년의 기다림

– 가련한 나무

기다림이야
천년을 간들 어떠랴

그리움 아롱진 언덕은
계절마다 또롱하고

무정한 세월 닮은 구부정한 고갯길
사무침으로 자라는 한 그루 가련한 나무

피고 지는 절기 따라 우는 별 하나
그런 기다림이야 억년인들 어떠랴

짝사랑

– 매실꽃

겨우내 마른 가지
얼음 방울 매달았더니

한줄기 봄바람에
앞다투어 피는구나

줄기 속에 감춘 순정
봉우리로 불 밝히니

님을 바라 데운 가슴
내 속내와 같아라

민망한 눈물

서달산 바라보며 하늘 뜻 헤아리고
한강 물 굽어보며 이치를 가름하네

남을 위해 내어주어 피지도 못한 꽃
유하주(流霞酒)로 애통한들 송구함 가셔질까

푸른 꽃 붉은 꽃 못다 핀 이팔청춘
차마 흐르는 눈물 오히려 민망하네

* 유하주(流霞酒): 신선이 마시는 술 이름.

완료된 슬픔

봄 한철 만발한 꽃들은
6월이 오면 별이 된다
영롱한 동작동

완료된 슬픔, 굳어버린 이별
회한의 강을 건넌 배
무궁토록 황홀하여라

봄 한철 만발한 꽃들은
6월이 오면 별이 된다
영롱한 동작동

너에게로 흐르는 바람 강

내 눈물 마를 만큼 서러운 시간 여행
떠도는 한 점 구름 물결 위에 꽃잎 하나

연푸른 마음속엔 애잔한 강
너에게로 흐르는 고단한 물줄기

이정표 없는 세월을 채근하진 말아야지
너에게로 흐르는 바람의 강가에서

꽃 무리 피고 지는 봄날부터 봄날까지
하얀 눈물 서러운 눈 날부터 눈 날까지

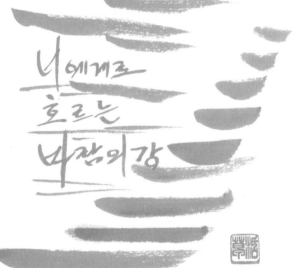

입을 다문 생각

산자락에 기대어 한강 물을 굽어보네
넘실넘실 유장한 줄기
세월 품고 어디로 가나

밝은 해 중천 아래
찬란한 서울
그 누구의 목숨 바쳐 지켜낸 자유인가

천만 마디 불화로 이글대지만,
삼가 송구스러워 두 눈을 감네
입을 다문 생각으로 예를 올리네

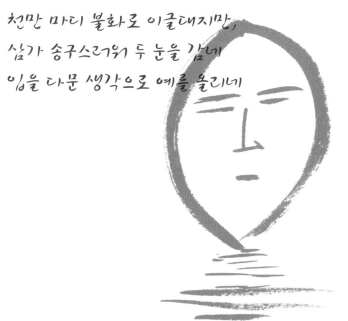

호국영령
- 살다가 죽는 일

살다가 죽는 일이
이다지도 쉬우리야

꽃봉우리 피기도 전에
마침표를 찍었구나

깊은 산 높은 자락
널브러진 종말들

그리고 영원한 시작
끝이 아닌 끝자락

청춘 할매

님 뵈러 가는 길
멀기도 해라

타박타박 걸어온
칠십하고도 또 몇 해

비석마다 사무친
대롱거리는 그리움

이승이라 하세월
길어야 백 년인데

그대 뒤를 따라나서서
억만년을 살고지라

망자, 어머니 소망

이승을 등지고 어여 등지고
두른두른 서둘러 저승으로 가자

그저 칠십 년 너만 바라 살아왔다
이름 석 자 비석 하나 반질거리는 세월

각중에 저승 간 아들 홀연히 돌아와
삽작으로 들어설까 방문도 걸지 못하고

어미 얼굴 잊을까 분단장도 마다하고
한평생 생얼굴 민낯으로 살았다

이승을 등지고 어여 등지고
제석천을 건너서 네게로 가자

쌍무지개 꽃무지개

기다림의 애절함이야
그 누가 알리야
능수버들 노들나루 봄꽃,피고 지는데

남겨두고 가시던 낯,
다시 오마 하신 당신
그 모습 서러워 서녘 하늘 우러르면

지장에서 달마로 쌍무지개 뜹니다
달마에서 지장으로 꽃무지개 뜹니다
그대와 나를 잇는 붉은 다리입니다

잃어버린 충혼
- 동작동 국립묘지

역사의 성역인가 꽃단풍 공원인가
공작지 연못가엔 풀벌레가 자지러지고
물결 위엔 단풍 배 갈 길을 잃었는데

여명에서 석양까지 두런거리는 발길들
봄날이 어제였던가 서리꽃 피었는데
헌신의 발자국은 어디에서 찾을까

잊었는가 잃었는가 산화散華한 푸르름
벼슬 높은 사람들 머리 숙여 향 사르지만
두른두른 발길들 시름 깊은 줄 모르네

* 공작지(孔雀池); 국립서울현충원 맨 위에 있는 연못

비례삼불 귀가국선

– 호국영령께 바치는 맹서(盟誓)

풀섶에 포롱거리는 흰노랑 나비
이름 모를 야생초 새빨간 꽃술

파란 하늘 흰 구름 날아오르는 작은 새
숲 뜰에는 그득한 님의 붉은 넋

자유의 반대편으로 돌진하던 그대
백골과 영혼이 따로인 호국영령

비례삼불非禮三不(不思·不觸·不動) 철학으로
모셔올 맹서

귀가국선歸家國宣 가치로
찾아 모실 혈육과 나라

청명철에 우는 새

천년에 한 번 우는 새는
어디서 오셔서 어디로 가시나

뻐꾸기 울면 보리꽃 피고
살구꽃 지면 청명철 오는데

철기와 꽃은 꽃과 철기는
어쩌자고 멀어졌다가 다시 만날까

사랑을 떠나보낸 서글픈 나는
꽃떨기 지는 소리에 울고 있는데

마지막 숨결

부라리던 두 눈 충혈된 동자
가슴팍 팽팽하게 부풀은 숨결

타오르는 불 바람 곤두선 목마름
피눈물에 겹쌓인 사무친 얼굴

두 손을 모아 쉰 어머님 얼굴
바람결이 잠재우던 아득한 지난날

까마득한 자국마다 아롱지는 자유
한 목숨을 걸었던 아~ 대한민국

또렷한 기억 속에 되살아나는
불타던 가슴 가슴 훅훅거리는 숨결

자유 대한민국

나를, 가엾은 나를
낳아주시고

나를, 화염에 숨진 나를
품어주시고

죽음, 주검으로 환갑을 지나
백 년으로 가는 세월

동작동 너른 터에
석 자 이름패를 달아 주신

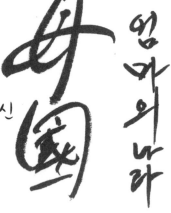

아~ 대한민국
아~ 자유민주주의

나보다 더 나를 사랑하는

우짤라꼬, 내려왔노
저리도 많은 별

와카노, 작은 입술
딱딱 벌린 저 꽃들

머라카노, 솔솔 피어나는 저 향기
우짜노, 벌렁벌렁 콩닥거리는 이 가슴

오데로 갔노, 나보다 더
나를 사랑하던 너는

땅속에서 하는 말
- 6.25 호국영령 증언

꽃은 다시 피어나 봄을 증거 하는데
나는 무엇으로 자유를 증언할까

궁금하다 피고 지는
세월 다 가도록

나를 찾지 못하는
나의 나라 자유 대한민국이여

이 고지 저 능선
땅속에 잠든 나, 여기 있는데

허리 잘린 세월

허리 잘린 세월 위에
철조망은 녹이 슬었습니다

저쪽을 주시해온 세월만큼
아이가 자랐습니다

아버지의 뒤를 이어
호국護國의 대를 이어

아버지의 자리에 섰습니다
또다시 저쪽을 주시합니다

당신의 아들입니다
자유 대한민국입니다

고향 생각

— 전선야곡

녹슨 철책 그림자 따라 여우가 놀고
가슴으로 부르는 귀뚜라미 노래 구성지면

괭이 메고 걸어가는 아버지 어깨너머로
새끼 딸린 암소가 걸어갑니다

맨발로 칠십 년 엇박자 걸음걸이
어머님 머리 위엔 흰 구름이 따라갑니다

동구 밖 느티나무 산그늘에 묻히면
신령 같은 할머니 전설 속에 해가 저물고

사대四代가 둘러앉은 담장 너머로
내리사랑 모깃불 연기 피어오르면

쑥대 향기 휘둘러진 멍석 위에는
질화로에 묻어 둔 군밤이 익어 튀고

마음 가난한 아버지 농주 잔에는
하늘에서 내려온 별 넘실넘실 반짝반짝

운명, 인생길

날마다 다시 시작이네
이렇게 천년을 걸어서 가야 하네

오늘까지 쌓은 공은 모두가 잿빛이네
손금 닳아 문질린 허망한 갈망

사람과 사람 사이 인연은
하나둘 속이 빈 노다지가 되어가네

신의 응답은 이렇게 오는가
귀 흘림 눈 흘림 말 흘림으로

바램과 바램의 끝은 하늘이고 바다이네
하늘과 바다의 만남은 다시 천년 뒤의 일이지

같은 길 위를 걸어가는 사람도
저마다 다른 바람을 가르며 나아가고

사람마다 다른 꿈을 안고 살아가네
그렇게 천년을 걸어서 가야 하네

손금 짓무르도록 스스로 빌면서
빚만 남겨 두고 아주 가는 길

실루엣 연가

바람마저 얼어붙은 거리
서러운 님 가슴으로 여미는
나를 두고 떠난 당신 미련이야 없으리오

잠재워둔 그리움 고개 들어 비 갠 아침
피어오른 안개는 산자락을 휘감는데
빈 가슴 서러운 나는 한숨마저 삭여 버렸오

바람 빠진 풍선처럼 헛돌다 지쳐버린 하루
애증으로 돌려세운 당신은
가슴 아린 사랑으로 되돌아오고

실루엣 스러지는 스산한 거리
가로수 빈 가지 일그러진 조각달처럼
빈 가슴 서러운 나는 돌이 되려거오

기도(祈禱)

내가 질문을 하고,

만능하신 신에게
대답할 기회를 드리고,

그 답에
귀를 기울이는 기다림

神答
活草

전도(傳道)

다른 사람에게
신神(예수·석가·공자·마호메트)을 말하지 않고

다른 사람들이
신神을 느끼도록 하는 생활

경전經典을 암송하지 않고
구절句節을 실천하는 삶

성자聖子를 외치지 않고
그를 닮아 흘리는 땀과 눈물

배고프고 아픈 이웃
버거운 삶에 내미는 손길

맹서(盟誓)

지키지 못할 다짐
날마다 고쳐먹는 마음

내가 나에게 하는 약속
또 나를 거역하는 선서

신(神)이 준 선물
조물주가 헤아리는 갈망

그리움

흐르는 세월만큼
몸은 가늘어지고

가늘어진 몸통만큼
마음은 통통하게 차오르는 생각

마음속에 자라는 나무
영원토록 지워지지 않는 기억

몸은 시들고
마음은 통통

보리꽃 엄마
- 동작동 보리 공원

동작동 모퉁이마다 보리꽃을 피우자
청보리 이랑마다 종달새 낳고

자랑자랑 귀 아린 고향노래를 하면
두고 온 언덕마다 봄이 피니까

봄 오는 길목마다 진보라 창포꽃
누이는 새벽마다 머릴 땋았지

가만히 눈을 감고 숨을 고르면
봄마다 두고 온 서러운 그리움

목마른 밭고랑 햇살 사이로
어린 나를 등에 업은 엄마의 얼굴

자불자불 서산으로 해가 집니다
아랑아랑 동녘에서 해가 뜹니다

꽃 잔치

애태우며 가슴 졸이는
목마름 해갈도 없이
유성처럼 내려앉은 요원한 불길

해마다 꼭 한 번은 절단絕斷을 내고 마는
활활거리는 처연한 정염情炎 꽃들의 향연

꽃에게 벌과 나비는
벌 나비에게 저 꽃들은
나에게서 그대는 그대에게서 나는

날마다 피는 꽃
그리고 봄봄

보릿고개

봄이라 꽃 핀다고 화들거리는 세상
피고 진 옛이야기 헤아리지 못할까

뻐꾸기 울음 따라 보리꽃 익어갈 때
보랏빛 제비꽃 따라 오랑캐가 몰려왔지

꽃잎이 질 때마다 쓰라린 피 토하고
붉은 피 자국마다 훌쩍거리던 새들 노래

사월에서 유월 사이 허기진 날들
주린 배 움켜잡고 맹물 삼키던 그 날

서달산 동작동

새파란 바람 분다 서달산 푸른 벌
파랑새 노래한다 높은 비억 낮은 비억

미더웁다 자유여 줄지어 선 당당함
빛난다 검은 글씨 결컨의 충혼

찬연하다 억 자 이름 산화한 그 날
공작새 알을 품은 지장능선 달마자락

귀향(歸鄉)

너무 멀리 돌아서 오지 않았는가
부엉이 울던 빼재, 지차리 고갯길

새벽달 빛을 따라 걸어서 넘던 그 날
아버지 훈장 같은 군번, 9940142

어머님 암송 귓전에 쟁쟁거리는데
세월의 덫에 걸린 막다른 골목에서

풀 비린내 파들거리는 고개를
터벅터벅 다시 넘는다

얼마나 목이 마른가
내가 내 이름을 부르다가 돌아온 길

너무 멀리 돌아서 오지 않았는가
부엉이 울던 닫이싵 고갯길

귀환 (歸還)

열과 성을 다하여 살아온 터라
지나간 세월 자락 안타깝지 않고

청 푸른 젊은이들 부럽지 않아
따갑던 그 시절로 돌아가고프지 않네

몸과 마음 기운이 아직은 창창하니
세월 강 돛배를 타고 바람 따라 흘러보리

초년에 슬하(膝下) 나서 가쁜 숨 몰아쉬고
중년에 나라님께 헌신하여 행복했네

장년에 기업인으로 몰입 열정 불사르다가
자연으로 돌아가니 이 또한 복락인데

직각으로 걸어온 길, 뒤돌아보니
티끌 먼지 말끔하고 발자국도 반듯하네

맺음말

이 시집은, 한 권으로 읽은 내 인생 65년이다.
삶의 신념과 원칙이고, 세상과 얽힌,
선택과 관계에서 손과 발과 온몸으로 살아낸,
다짐과 한숨과 눈물과 웃음과 발자국이다.

여기 읽어낸, 시어詩語는,
단 한 편의 글도 감상이나, 현학이 아니다.
글자와 단어와 어휘를,
땀이 아닌, 감상의 문장으로 읽은 것은 없다.

나는 살아 온 날들보다 허락하신, 살아갈 날이 짧게 남았다.
100년을 산다고 해도 사반 쯤쯤 되는 날들,
되돌아서 감사한 발자국을 되짚는다.

아직은 몸과 정신이 맑으니,
이즈음에서 시詩로 살아 낸 삶을 엮었다.
인생은 시詩이고 사랑은 시時다.
詩와 時를 읽으니 꽃이 다시 피더라.

운명運命은, 수레에 이불을 덮고 천천히 굴러가는 과정이고,

숙명宿命은, 동굴 속에 100명이 빽빽하게 들어서서

꼼작도 할 수 없는 상황이다.

인생은 운명과 숙명을 합친 신명神命이다.

신명은 소명召命과 사명使命으로 살아내야 한다.

소명은 부름 받아calling 가야 할 길이고,

사명은 그 길을 걸어가면서 수행해야 할 나의 임무mission이다.

남들이 우르르 몰려가는 길은 블루오션blue ocean이고,

그 속에서 나만의 길을 개척해 가는 길은 블루로드blue road이다.

블루오션은 성공을 향하여 가는 길이고,

블루로드는 성공의 대문을 열 수 있는 열쇠를 들고 가는 길이다.

사람이 나고, 살고, 죽는 것은 축복이고,

남모르게, 절실하고, 간절하게, 몰입하는 것은

목표를 지향해 가는, 현재진행형 감사의 눈물 세월이다.

그 감사의 눈물이 행복과 성공의 씨앗이고 열매이다.

이제야 고백한다.

그 아련한 푸르른 날, 못다 한 프로포즈,

첫사랑, 그대에게 가는 길~

독기毒氣를 앙다물고,
직각으로 살아 낸 땀과 눈물의 흔적을~

세상을 향하여, 활자 인쇄 글자로 남기고 싶은~
마음의 얼息과 기氣를, 어눌한 말들로 얽었다.

나는 지금,
너에게로 흐르는 바람의 강을 타고
너에게로 흘러간다.

나에게로 흐르는 눈물의 강을 타고
감사하여 행복한 노를, 나를 향하여 저어간다.

이 글은 내 영혼의 자식들이다.

2023년 3월
이태원, 한국유행가연구원에서
활초 유차영 고백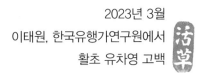

꽃길 가시길, 동행 40년
- 아내가 바라본 언제나 내편, 활초 -

저는 언제나 내편 활초와 동행하는 아내 소피아입니다. 결혼 40년, 이순耳順의 길 중간 고갯마루에서, 활초가 스스로 지은 서정시와 문인화 그림을 융합한 시화집 『告白』(고백)을 출간함에 덩달아 가슴이 두근거립니다. 이 문인화 시집이 활초 인생의 감성적 결산서와 같다면, 저의 한평생도 이 시집에 기대어 있음이겠지요. 활초의 인생은 그 자체가 하나의 장르이며, 저 소피아는 그 장르와 동행하는 보조 기획·연출가, 때로는 조연배우이기도 합니다. 활초와 동행한 40년은 절반의 절반은 꽃길, 나머지는 가시길이었음을 고백하며, 제가 바라본 활초의 삶을 고백합니다.

탈영병 찾으러 온 직업군인, 5분 만의 청혼

1982년 늦은 봄날 서울에서 직장생활을 하던 저는 잠시 고향 논산에 내려갔었습니다. 다음 날 서울로 돌아오는 고속버스 안에서, 고교생처럼 스포츠형으로 머리를 단장한 앳된 모습의 청년(당시 사복을 입은 육군 중위)과 나란히 앉게 되었습니다. 버스가 예정 시간보다 2~3분 정도 늦게 출발하는 상황이어서 갑작스럽게

동석을 하였던 것이지요. 운전사 바로 뒷좌석이었는데, 이 청년이 버스가 출발한 지 5분 정도 지났을 시간에 '아가씨 저와 결혼합시다.'라고 했습니다. 그리고 무려 4시간 정도의 버스 안 동승길에 수많은 자기 얘기를 펼쳤지요. 집안 사정과 내력, 육군 제3사관학교로 진학을 하게 된 아쉬움과 장래의 포부, 집안의 결혼순서 등에 대하여. 저는 단 한마디의 대답이나 대화도 하지 않았습니다. 서울 고속버스 터미널에 내린 그이 곁에는 아주머니 한 분이 서 계셨는데, (그분이 이 청년의 어머니인 줄 알았는데) 그분은 바로 탈영병 '시施 하사'의 어머님이었습니다. 그때 아, 이 사람은 '탈영병을 찾으러 온 사람이구나'라고 알아챘지요.

그날 헤어지기 전 활초는 제가 들고 있던 책『샘터』의 '잉어 부인병에 좋다.'는 글이 있는 페이지에, '육군 제2311부대 인사과 중위 유차영'이라고 적어 주었습니다. 집으로 돌아온 저는 며칠 뒤에, 그 청년의 나이를 묻는 편지 한 장, 주소는 적지 않고 제 전화번호만 기록한 편지를 보냈지요. 하지만 답장이 없었어요. 한참 뒤에 또 한 장의 편지를 보냈는데, 3개월여가 지나도록 또 답장이 없었지요.

그러던 어느 날, 장거리 수신 전화가 왔어요. 전화를 받을지 여부를 사전에 질문한 후 연결해 주는 수동식 교환기를 이용한 전화였지요. '여보세요, 우리 동갑이야 동갑~.'이라고 소리를 지르는 청년. 그동안 유 중위님은 '탈영병 시 하사를 찾아오지 못한 문책으로 3개월 동안 인사장교 자리에서 쫓겨나 해안 경비를 위한 박격포 조명탄 소초장으로 좌천되었다가 복귀를 했다.'는 말을 하였습니다. 그렇게 소통한 후, 편지를 주고받으며 왕래를 한 1년 반 뒤에 결혼하여 오늘에 이릅니다. 1983년 10월 16일이 저희들 결혼일입니다. 결국 유 중위님은 탈영병 대신 평생의 반려인 저를 붙잡은 것이지요.

지난 어느 날 점쟁이가 제가 이름을 바꿔야 오래 산다고 말을 했을 때, 10만 원 개명 값이 모자라서 3만 원을 주고 예약을 하고 왔다가, 남편이 오래전에 명명命名해 준 소피아를 강조하여, 예약금 3만 원만 날리고 오늘까지 부르는 이름이 소피아입니다.

직업군인의 길, 이사의 길

직업군인의 길은 이사의 길입니다. 그야말로 길 위의 인생이지요. 새로운 부임지로 이사를 하여, 이삿짐을 정리하는 저의 등 뒤에서 아이들은 '엄마, 우리 또 이사 언제 가요.'라고 묻습니다. 그 시절 직업군인 가족의 삶은 이삿짐을 싸는 데 1개월, 푸는 데는 1년이 걸렸습니다. 우선 필요한 것부터 풀어서 사용하다가 다음 부임지가 결정되면, 다시 꾸리기를 한 달여를 하지요.

우리는 1983년 10월 경북 영천시 야사동에 신접살림을 폈지요. 그 시절 언제나 내편 활초는 장교 신분인 대학생으로 위탁 교육(행정학 전공)을 받던 시절입니다. 이후 1~2년을 주기로 29회의 이사를 하였습니다. 경북영천에서 시작하여 오늘 우리가 사는 서울도화동까지, 이사는 우리의 길이었고, 삶이었습니다.

비무장지대 군사분계선을 지키는, 사진 속의 아빠

언제나 내편 활초는 결혼 초기 강원도 고성군 현내면 명호리 지역 비무장지대에서 중대장을 했습니다. 일반전초 GOP라고 하는 남방한계선 철조망에 설치한 2중 철책선 대문을 통과하여 1㎞ 내외를 북쪽으로 더 들어가서, MDL이라고 하는 군사분계선 근처에 있는 GP라고 부르는 전초前哨기지를 담당하는 부대였지요.

그래서 30일~60여 일 만에 한 번, 2박 3일 기간으로 집에 다녀갔습니다. 그때마다 아이들은 아빠가 안아주려고 하면 고개를 절래절래 내저으면서, 앨범 속에 있는 아빠의 사진을 가리켰지요. 그렇게 하루를 지내면 아빠 품에 다시 안기어서 잠이 들곤 했습니다. 핏줄의 끌림을 이해할 수 있는 시절이었습니다.

첫째 아이는 태어난 지 18개월, 둘째가 태어난 지 6일째 되는 날, 비무장지대 중대장으로 가신, 언제나 내편 활초는 그렇게 36개월을 한 직책에서 근무했지요. 둘째는 6일 만에 헤어져서,

67일 만에 다시 아빠 품에 안겼었는데, 그때를 생각하면 지금도 가슴팍이 따끔거립니다.

전학 박사, 아는 친구가 없는 졸업앨범

직업군인의 아이들은 전학 박사입니다. 그리고 졸업한 학교의 기념 앨범 속에 얼굴을 아는 친구가 별로 없습니다. 우리 아이들은 초등학교 6번, 중학교 3번을 전학하였고, 고등학교는 아이들이 아빠의 근무지와 상관없이 쭈욱~ 다닐 수 있기를 희망하여 기숙사가 있는 학교로 가서 졸업하였답니다.

양양초~진해초~공주신관초~대전봉산초~신도안용남초~서울신도초를 거치고, 서울대성중~신도안용남중~평택송탄중을 거쳐서 평택 사립 BYC재단 신한고를 졸업하고, 한국 육군사관학교와 튀르키예(터키)육군사관학교, 서경대를 졸업하였습니다. 다행스럽게도 고등학교 이후의 앨범에는 그래도 낯익은 친구들이 많이 있어서, 기념 앨범을 보관하는 재미와 의미가 큽니다.

박봉의 추억, 버스비 110원을 빌리던 헤설픈 기억

강원도 고성군 간성읍에 살 때의 일입니다. 내편 활초의 대위 시절이지요. 그때 간성에서 속초까지 시외버스 편도 요금이 110원이던 시절입니다. 현금으로 월급을 찾아야만 하던 시절, 강원도 고성군 간성읍에는 국민은행 지점이 없었습니다. 그래서 시외버스를 타고 1시간 정도 걸려서 속초 시내로 가야 했는데, 봉급날인 10일에 현금 110원이 없어서 다음날인 11일 날, 옆집에 사는 사관학교 동기생 부인에게 1천 원을 빌려서 은행에 다녀와서 되갚은 달이 몇 달이 됩니다. 그때는 현금으로 봉급을 받던 시절입니다. 그 시절 초급 대위 월봉급은 이것저것을 공제하고 나면 12~13만여 원이었던 것으로 기억됩니다.

7전 8기 육군 대령, 무사고 워카 37년. 보국훈장 삼일장

직업군인은 봄가을 계절통季節痛 바람을 마주하고 삽니다. 봄에는 상대평가 인사고과, 가을에는 무한경쟁의 진급 심사가 그 바람결입니다.

언제나 내편 활초는 1988년 8월 대위에서 소령 진급 선발에서 떨어졌습니다. 1994년 가을날, 1995년 가을날에는 소령에서 중령으로 가는 심사에서 2회나 떨어졌습니다. 2002년, 2003년, 2004년 가을날에는 중령에서 대령으로 가는 심사에서 3년 연속으로 떨어졌습니다. 그리고 그다음 해이던 2005년 9월경 대령으로 발탁이 되었습니다.

대위에서 대령까지 오르는데 7전 8기의 당락 과정을 거친 것입니다. 얼핏 바람결에 들여온 얘기로는 대한민국 국방역사 70여 년 중에서 이렇게 7전 8기로 대령 반열에 오른 이는 영원한 내편 활초가 유일하다는 말이 있던데, 사실인지는 확인해보지 않았습니다. 이렇게 대령 계급에 오른 뒤 워카 37년의 군생을 마감하고, 2014년 12월 31일 희망 전역(정년, 14개월 전)을 하면서, 활초는 보국훈장삼일장을 수상하였습니다.

활초의 영원한 동반 전우 커뮤니티, '우리'

언제나 내편 활초는 '우리'라는 전우애를 근간으로 하는 커뮤니티 소통도 남다릅니다. 42년 전 소대장 시절의 전우, 소령 시절 육군본부 인사운영감실 전우 김성욱(현, 신창에너지 대표이사), 대대장 시절 전우, 연대장 시절 전우 배옥선·문창식 원사, 육군복지단장 시절 직원, 국방부유해발굴감식단장 시절 전우 등과는 오늘까지도 수시로 상봉하면서 소통을 하고 있습니다. 오늘까지 소통하는 상관으로 중대장 시절 대대장님으로 모셨던 이성규 중장(국방부 정보본부장 역임, 경기 양평 농사꾼)과 수시로 왕래하면서 소통하고 있습니다. 그분은 지게를 지는 장군입니다. 그분은 활초의 중대장 시절, 전 대대원과 같이 100㎞ 행군 훈련을 하면서, 단 1m도 지휘차에 올라앉지 않으시고 같이 걸으신 분입니다. 활초는 늘 전우戰友는 목숨을 담보로 하는 전쟁터의 벗이라고 말을 하더군요. 그 전우는 바로 '우리'랍니다.

육필 메모·보존·기록(記錄), 도서 출판 15권

언제나 내편 활초는 육필 메모·보존·기록記錄에 천착하면서 삽니다. 저를 만나기 전이던, 45년 전 사관학교 시절부터 결혼 이후 40년이 되는 오늘에 이르기까지 보관하고 있는 기록물이 그 증거입니다. 잠을 잘 때에도 머리맡에 작은 휴대용 수첩을 두고, 자다가도 2~3회는 벌떡 일어나서 뭔가를 적습니다. 그런 기록이 무려 100여 권이 넘습니다. '기록이 기억을 이긴다.'는 것이지요. 노력은 지능지수를 능가한다는 것이 활초의 신념입니다.

그중의 백미白眉는 육군 대령 일기입니다. 2006년 연대장으로 부임을 준비하면서부터 2014년 말 희망 전역(사직서 제출)을 할 때까지, 단 하루도 거르지 않고 일기를 적었습니다. 『연대장 일기·참모장 일기·캐나다 퀘벡 국제군악축제 참가기』 등이 그 증거입니다. 언제나 내편 활초의 대령 일기는 연대장으로 발령이 난 2006년 11월 26일부터 전역을 한 2014년 12월 31일까지의 평상시 전투준비와 부대 관리 지휘통솔일기인 것이지요.

국립서울현충원의 묘비들을 모티브로 지은 현충시, 창호지 1/2 전지 붓필 시첩도 명품입니다. 제목은 『목숨 걸고 지켜낸 자유, 아 대한민국』입니다. 이는 활초가 국방부유해발굴감식단 장을 끝으로 전역할 당시, 전역 기념으로 제작하여 현충원에 기증했던, 동작동 현충시, 120편입니다.

언제나 내편 활초와 저의 연애시절 편지첩도 보물입니다. 내

용을 펼치면 얼굴이 화들짝 달아오를 만큼 민망한 서술들도 있지만, 우리 둘의 인생 역사의 유물이지요. 대략 18개월 정도 주고받은 편지인데, 그 시절의 봉투와 우표를 포함하여 제가 보낸 편지와 언제나 내편이 저에게 보낸 편지를 날짜별로 각각 제본해 두어서 가끔 펼쳐보기도 합니다. 이런 과정에서 활초는 15권의 책을 출판하였습니다.

대한민국 대중가요 100년사,
새로운 장르, 제1호 유행가스토리텔러, 르포에세이스트

언제나 내편 활초는 대한민국 대중가요 100년사에서 최초의 유행가스토리텔러 인증서를 받은 명장明匠 같은 사람입니다. 대한민국 유행가스토리텔러 제1호이지요. 2021년 12월 4일, 도전한국인본부 대한민국최고기록인증원으로부터 '대한민국최초기록인증서'를 수여 받았습니다. 활초는 역사 속의 팩트와 증거를 그 시대에 탄생한 유행가 노래 가사에서 풀어내는 르포에세이스트입니다.

활초는 한국대중가요 100년의 마디에 걸려 있는 유행가 1곡을 망원경으로 관측하여 근현대사의 편년 궤적 위에 펼쳐 놓고, 각각의 노래를 7요소(작사·작곡·가수·시대·사연·모티브·사람)로 해부하여 현미경으로 관찰을 한 후, 한 편의 칼럼(스토리)을 완성하는 형식이지요. 이는 한국대중가요 100년사의 평론가 중에서 누구도 시도하지 않았던 장르입니다. 언제나 내편, 활초 유차영이 한국대중가요 100년 속에서 하나의 새로운 장르가 된 셈이지요.

이처럼 대중가요 유행가를 근현대사 100년과 연계하는 망원경 관측과 현미경 관찰을 하게 된 동기는, 대위에서 소령 진급 선발에서 떨어진 날이었습니다. 1988년 8월 20일로 기억됩니다. 그날 진급에 선발된 이들은 기분이 좋아서, 낙천된 이들은 기분이 우울하여서 대부분이 속초지역으로 나가서 술 한 잔을 하였지요. 하지만 언제나 내편 활초는 소주 1병을 사서 들고 집으로 왔지요.

'진급은 내 것이 아니라, 나라의 것인 듯하니, 내가 어느 계급에서 멈출지 알 수가 없네. 그래서 내일부터는 우리 근현대사 100년과 대중가요 유행가를 읽어서 이야기를 만드는 연구를 해야겠어. 그리고 언제 어느 계급에서일지는 모르지만, 전역을 하면 『○○감동연구원』을 차려서 대중들과 소통할 수 있는, 나만의 오솔길(징검다리)을 준비해야겠어.' 이렇게 시작한 날이 어언 35년이 흘렀고, 그 과정에서 15권의 책을 출판하였으며, 그중 7권이 유행가와 역사 앙상블 장르입니다.

1일 4~4시간 30분 수면, 1만 시간의 법칙 40년
활초는 하루에 등을 붙이고 잠을 자는 시간은 4시간~4시간

30분 정도입니다. 만약에 다른 이들이 이를 흉내 내려고 해도 쉽지 않을 것이고, 따라서 하기에는 많은 생체 리듬상의 인내(고통)를 수반해야 할 것입니다. 하지만 내편 활초는 거의 40여 년을 이렇게 살아냈습니다. 스스로 정한 1만 시간의 법칙을 실천해 온 것이지요.

하루에 3시간의 수면 시간을 1년 동안 줄이면, 1,095시간입니다. 이렇게 10년을 하면 10,950시간이 되지요. 이것이 1만 시간의 집중과 몰입입니다. 오늘부터 당장 3시간의 수면을 줄이면서, 다른 사람과 다른 분야에 천착해보세요. 이렇게 10년을 더하면 2만 시간, 또 10년을 더하면 3만 시간, 또 10년을 향하여 가면 4만 시간이 되는 것입니다.

이처럼 1만 시간의 법칙을 3만 시간으로 이어갈 즈음에는 세상이 활초를 알아주게 되었습니다. 이때부터 일간신문에 활초 유차영의 이름을 내건 칼럼을 연재하고, 한국농업방송 TV와 MG TV 등에서 유차영의 이름으로 4년여의 방송을 합니다. 이때 한국경제신문, 중소기업신문, 국방일보, 농민신문, 코스미안 뉴스에 유차영의 이름으로 대중가요 유행가와 역사 앙상블 칼럼도 연재하게 됩니다.

이에 대한 공적 평가로 2021년 12월 4일 도전한국인 본부·

대한민국최고기록인증원에서 대한민국 최초기록인증, '유행가 스토리텔러' 인증서를 받았습니다. 뒤이어 2022년 한국가요작 가협회에서 '가요발전상'을 수상하였으며, 한국창작가요협회에 서 '한국가요발전공로상'을 수상하였습니다. 1만 시간의 법칙을 30여 년 실천한 결실이었습니다.

공직 군인에서 민간기업, 한국콜마 가족으로

2014년 1월 12일. 서울대 ASP 신년회 및 2013년 ASP경영 인 대상 시상식을 하던 날, 언제나 내편 활초는 '한국대중가요 100년, 유행가와 역사 앙상블'이라는 주제로 강연을 하게 됩니 다. 이때 언제나 내편 활초는 제2막 인생의 귀인貴人인 한국콜마 윤동한 회장님을 뵙게 됩니다. 이날 강연이 끝나고, 만찬으로 이어지는 중간 휴식 시간에 윤 회장님께서 활초에게 명함을 건 네시면서, '언제 식사 한번 하시지요. 저희 비서실에서 연락드리 도록 하겠습니다.'라고 하셨습니다. 며칠 뒤, 서초동 소재 한국 콜마 회장님실에서 정식으로 면알面謁을 하게 됩니다.

'언제 전역을 합니까. 우리 회사에서 연수원을 지으려고 하니, 전역을 하고 와서, 연수원을 건축하고, 연수원장으로 일해주세 요. 전역하시고, 기업에서 봉사활동을 한다고 생각하시고… 저 희 회사에서 연수원을 건립한다고 하니까, 학교 선후배·정년퇴 임 교수·비지니스 지인 등등 연수원장을 시켜달라고 하는 사람들이 많아요. 하지만 우리 회사에는 유 대령 같은 분이 필요합니다.' 그날 하얀 종이에 윤 회장님께서 적어 주신 글자가 '열과'裂果입니다. 이는 '너무 잘 익어서 껍질이 갈라진 과일'이란 의미이며, 오늘날 활초가 사용하는 또 다른 호號입니다. 회장님은 처음으로 마주한 활초에게 고향이 어디냐? 육사냐 3사냐? 군대의 상관이 누구냐? 등등의 질문을 일체 하지 않으셨답니다. 그분은 늘 기업企業은 '사람을 머물게 하는 일을 하는 곳'이라고 말씀하신답니다. 기企자를 해부하면 사람 인人 머물 지止라는 것입니다.

활초는 2015년 5월부터 한국콜마 그룹 인사총무팀 이사로 입사를 했습니다. 이때 회사 안에서는, 워카 37년·군인 출신 등을 이유로 입사에 반대하신 분이 있었고, 활초의 지인 중 여럿은 '6개월~1년짜리 임원일 것이야. 버틸 수 없을 걸'이라는 얘기를 활초의 등 뒤에서 했다는 말을 바람결에 들었습니다.

하지만 활초는 입사 후 2년 만에 상무이사로 승진을 하였고, 상무 승진 후 1년 반 만에 전무이사로 수시 특별 승진을 하였습니다. 이후 5년여 동안 연수원장으로 일을 하면서, 그룹 계열사 자사인 KAF(근오농림) 대표이사를 2년여 동안 역임하였습니다. 이렇게 8년을 근무한 후 2021년 6월 30일, 저(소피아)의 건강관리 보조와 딸 아이의 출산 등 가정사를 돌보기 위하여, 회장님께 간곡하게 말씀을 여쭙고, 희망 퇴사를 하였습니다. 이후 윤 회장님은 활초를 상근(출근하는) 경영 고문으로 위촉하여 오늘에 이르며, 서울여해재단(이사장, 한국콜마 윤동한 회장님) 이순신학교 교수로 강의(이순신을 도운 사람들, 대중가요 임진왜란 등)를 하고 있습니다.

한국콜마 그룹은 역사와 독서를 귀하게 여기는 우보천리牛步千里 회사입니다. 이 회사는 KBSKolmar Book School이라고 하는 독서시스템이 있고, VGMP라고 하는 회사 비망록을 지급하는데, 활초는 이 비망록을 9년 동안 매년 1권의 직무일기로 작성하여, 매주 단위로 5색(검정·파랑·빨강·연필·형광펜)으로 체크Ceck Rcheck Double Check Cross Check한 메모와 기록을 보존하고 있습니다.

4색 인생 블루로드 개척자

2020년 11월 23일(월) e대한경제신문 21면에 전면기사로 활초의 기사가 실렸습니다. 타이틀 제목은 '군인·기업인·문화해설·역사 강사… 4색인생 40년 블루로드'였습니다. 부제목은 '한국콜마여주아카데미원장 유차영의 기막힌 인생스토리'였습니다.

'한때 그는 군인이었다. 36년 동안 직업군인 생활을 했다. 1978년 8월 1일 육군제3사관학교에 입교해 직업군인의 길을 걸으면서, 2014년 12월 31일 국방부유해발굴감식단장으로 예편했다. 군복을 벗은 후 기업인으로 변신하면서 본인의 특기를 살려, 문화예술해설사로도 활동하고 있다. 그는 군 생활을 하면서 유행가에 대해 깊이 연구했고, 한국콜마여주아카데미 원장을 하면서, 연수원에 입소하는 기관·단체·기업에 대하여, 『대중가요 100년사, 6.25 전쟁이 지닌 교훈, 조선의 선비정신, 왕릉 답사』 등 강연과 현장 해설을 병행하고 있다. 이는 한국콜마 창업주 윤동한 회장의 경영철학, 인문학의 기업 접목과 상통한다. 그는 블루오션보다는 블루로드를 개척하라고 젊은이들에게 권한다.' 여기에 사용한 '블루로드'라는 단어는 활초가 이 세상에서 처음으로 사용한 단어인 듯합니다.

한국문단 수필가·시인

2002년 활초는 계간 『문예사조』를 통하여 수필가로 등단을 하였습니다. 등단 작품은 〈까치밥〉, 이 글은 2003년 초에 세상에 나왔습니다. 언제나 내편 이름 활초 유차영은 월간문학 2015년 1월호, 한국문인협회 회원 주소록 565p에 등명登名되어 있습니다. 『바람이 숲에게 고함』, 『끝나지 않은 전쟁』, 『워카 37년』, 『화담』, 『고백』 등이 활초의 시집입니다.

국방부유해발굴감식단장에서 희망 전역, 사표

활초는 국방부유해발굴감식단장을 끝으로 희망 전역을 하였습니다. 활초는 국방부유해발굴감식단장을 하면서 3가지 큰일을 하였습니다. 첫째는 단훈團訓을 비례삼불 귀가국선非禮三不 歸家國宣으로 선정하여 예의를 갖추지 않으면, 불사不思·불촉不觸·부동

不動하고, 이를 지켜서 모셔오면, DNA 분석을 통하여 가족을 찾아드리고, 나라의 이름으로 선양을 하라는 의미였습니다.

두 번째 일은 2014년 3월 28일, 6.25 전쟁 중 우리나라에서 전사한 중국군 유해 437구를 본국(중국 심양)으로 송환한 것입니다. 셋째는 2020년 미국 태평양사령부 하와이에서 송환된 6.25 전쟁 중 장진호 전투 전사자 유해 147구 환송식, 채널A 생방송을 진행한 일입니다.

활초 3길. 군인의 길, 가장의 길, 아버지의 길

언제나 내편 활초는 2003년 5월 24일, 군인의 길에서 방향을 전환하여 가장의 길, 아버지의 길로 들어섰었습니다. 대한민국 육군 편제에서 단 1명밖에 없는, 육군본부 인사참모부 장군인사실 장군인사장교 직을 뒤로하고, 재해장교 인사이동을 신청한 것이지요. 그때는 둘째 아이가 집중 진료가 필요한 진단을 받았던 때였습니다. 재해장교 인사이동은 가정에 본인이 아니면 해결하기가 어려운 상황에 처한 직업군인을 주거지 근처 부대로 발령해 주는 제도입니다. 그렇게 1년여를 병원과 집과 재해장교 보직 부대와 새벽기도(부대종교시설)처만을 왕래하면서 정성을 다하는 과정에서, 아이는 요단강 앞에서 다시 이승의 세상으로 돌아옵니다.

그 이후 활초는 활초活草(되살아나는 풀)라는 호를 스스로 지어서 사용했습니다. 그 이전에 사용하던 호는 항심恒心(맹자의 설파)이었답니다. 그 세월이 20년이 되었습니다. 그렇게 집안이 조금 안정된 후 활초는 다시 정상 군무를 수행했고, 동기생 중에 마지막으로 대령으로 진급하였습니다.

대를 잇는 푸른 제복, 국립현충원은 우리 가족 공원묘지

우리 집은 대를 이어서 푸른 제복을 입은 가족입니다. 큰아이가 대한민국 육군사관학교에서 사관생도 1년을 이수하고, 튀르키예(터키) 육군사관학교 교환학생으로 파견되어 4년 반을 수련 후에 졸업하고 귀국하여, 대한민국 육군사관학교에서 중위로 개인 임관식을 하여, 지금 육군 중령(진)입니다. 그 아이가 올 가을 강원도 고성군 토성면 학야리에 있는 부대 대대장으로 부임을 할 예정입니다. 그곳 학야리는 아빠 활초가 대위에서 소령 진급 선발 심사에서 처음으로 떨어진 날, '한국대중가요 유행가와 역사 앙상블'에 대한 블루로드의 길을 지향하기로 결심을 했던 곳이지요.

목숨을 건, 3:3:3:1의 법칙 실천

활초는 『3:3:3:1의 법칙』에 목숨을 걸었듯이 실천하면서 살아가는 실사구시實事求是의, 지나치게 스스로를 혹사시키는 실용주의자實用主義者입니다. 여기서 첫 번째 3은 활초가 속해 있는 조직이고, 다음 3은 가족이고, 다음 3은 스스로이고, 다음 1은 남(다른 사람·혹은 조직)입니다. 여기서 3과 1은 각각이 100%의 에너지입니다. 이는 생활 속에서의 에너지 집중과 분산 원칙입니다.

활초는 3(30%)이라고 하지만, 다른 이들의 100%를 능가하는 몰입을 합니다. 그 예가 40여 년 넘게 하루에 4시간~4시간 30분 정도만 등을 붙이고 잠을 자는 습생입니다. 활초와 저는 같은 방에 싱글침대 2개를 붙여 놓고 잡니다. 그는 매일 새벽 2시경부터 5~6시까지는 제 곁 침대에 누워 있지 않고, 서재에서 원고를 정리하거나 독서를 합니다. 깊은 밤 제 옆구리가 허전한 세월이 40년째입니다.

활초의 삶 중에 1(10%)은 남을 위한 나눔입니다. 이는 활초가 가지고 있는 물리적인 힘·돈·시간·재능·출판물·칼럼·깊은 병과 투병하는 지인에 대한 위로·강연 등등 활초가 가진(할 수 있는) 모든 것을 망라한 것입니다.

삶 속의 5적(五敵)에 대한 상시 전투태세 유지

활초의 인생은 전투의 연장선입니다. 그 전투의 상대적인 적敵은 일상 속의 오적五敵입니다. 제1의 적은 총구명을 맞대고 있는 주적입니다. 제2의 적은 우리나라에 위협을 주는 모든 다른 나라입니다. 제3의 적은 공공의 적입니다. 알카에다·국제마피아·국제 테러 조직·국제 마약조직·IS 등이 여기에 속합니다. 제4의 적은 기상·지진 등 천재지변입니다. 제5의 적은 내부의 적이지요. 그 적은 바로 게으르고 나태한 나 자신입니다. 이런 면을 중시하는 활초의 삶은 시중사중언중동중時中思中言中動中에 있습니다.

얼룩무늬 양복 정장을 입는 로맨스 그레이

활초는 2014년 12월 30일 전역을 할 때, 모든 군복 제복(정복·예복·전투복)의 명찰과 계급장과 병과 마크를 제거하고, 헌 옷 모으기 운동에 동참하였습니다. 그리고 다음 날부터는 필요할 때마다 얼룩무늬 군복 원단으로 맞춘 양복 정장을 입고 행사나 현충원 참배를 하고 있습니다. 그 양복에는 활초가 현역으로 복무할 당시 착용했던 보병 병과 마크·계급장·명찰·부대 휘장·육군 휘장·훈장 등이 결속되어 있습니다. 이 옷은 활초가 전역할 당시에 남아 있던 피복구매권으로 직접 맞춘 옷입니다. 그때 군복 제단과 제작을 40여 년 동안 전문적으로 한 사장님 왈, '군복쟁이 40년에 단장님 같은 분은 처음 봅니다.'였답니다.

소피아의 소망

이제 꽃길 가시길 동행 40년, 아내가 바라본 언제나 내편 활초에 대한 소회를 맺을까 합니다. 활초는 특별하지는 않지만, 그만의 독특한 삶의 신념과 원칙을 보유하고, 그것을 지독하게 한평생을 실행하는 무실역행務實力行 주의자입니다. 흉내를 내기도 어렵고, 오랜 세월 따라 하려고 한다면, 늘 죽음을 각오해야 합니다. 필사즉생必死卽生, 활초의 삶은 늘 죽기를 각오하고 이어가는, 사사思死의 마디마디에 매달려 익어가는 탱글탱글한 과실들입니다. 때때로 그 열매가 너무 익어 터져서 열과裂果가 되지요. 열과는 상품성은 떨어져도 맛은 최고라서, 과수원 주인이 거두어 먹는 열매랍니다.

활초의 인생 65년, 소피아와의 해로동행偕老同行 40년에 펼치는 활초의 자작시화집『告白』(고백)이, 굽이굽이 굴곡진 인생길을 걸어가는 모든 이들에게 마음속의 작은 쉼터가 되기를 소망합니다. 인생은 감사하여 행복한, 영원으로 이어지는 영원한 길입니다.

2023년 봄날,
언제나 내편, 활초의 아내 소피아 謹上

평생을 극기와 도전으로 살아온
무인(武人)의 아름다운 내면의 고백

권선복(도서출판 행복에너지 대표이사)

전쟁마저도 기계가 대신한다는 4차 산업혁명의 시대. 과거 나라와 민족을 수호하던 무인武人들의 정신 역시 잊혀지고 있으나 그럼에도 끊임없는 자기 자신에 대한 극기와 도전으로 무인 정신을 간직하며 삶을 살아가고 있는 인물이 있습니다. 바로 이 시집 『고백』의 저자인 유차영 작가입니다.

한국 역사는 물론 동아시아 역사상 최고의 명장이었던 충무공 이순신 장군을 인생의 롤 모델로 삼아 군인으로서의 34년 6개월의 삶은 물론 '한국대중가요 100년사, 유행가 스토리텔러 제1호'로 활동하고 있는 있는 지금에 이르기까지 다른 사람들이 놀랄 정도의 극기와 긍지로 살아 온 유차영 저자는 이 시집『고백』을 통해 자신이 지향하는 정신적 가치와 미학美學을 털어놓습니다. 작가가 전하는 시들은 고전 시조를 보는 듯 단아하고 간결하면서도 자연을 담은 풍류, 인간에 대한 사랑, 나라와 민족에 대한 충심 등의 감정이 독자들의 시심詩心을 건드리며 영혼을 뜨겁게 하는 것이 특징입니다.

끊임없는 극기와 노력으로 군인, 기업인, 문화해설가, 역사강사 등 4색 인생 블루로드를 개척해 나가고 있는 유차영 저자의 정신과 사상을 담은 시집『고백』이 많은 독자분들께 무한 행복에너지를 전파하기를 소망합니다!

아울러 이 문인화시집이, 황혼 인생길 나그네들이 지나온 삶을 되새김해 보는 계기가 되길 바라마지 않습니다.

'행복에너지'의 해피 대한민국 프로젝트!

<모교 책 보내기 운동> <군부대 책 보내기 운동>

한 권의 책은 한 사람의 인생을 바꾸는 힘을 가지고 있습니다. 한 사람의 인생이 바뀌면 한 나라의 국운이 바뀝니다. 그럼에도 불구하고 많은 학교의 도서관이 가난하며 나라를 지키는 군인들은 사회와 단절되어 자기계발을 하기 어렵습니다. 저희 행복에너지에서는 베스트셀러와 각종 기관에서 우수도서로 선정된 도서를 중심으로 <모교 책 보내기 운동>과 <군부대 책 보내기 운동>을 펼치고 있습니다. 책을 제공해 주시면 수요기관에서 감사장과 함께 기부금 영수증을 받을 수 있어 좋은 일에 따르는 적절한 세액 공제의 혜택도 뒤따르게 됩니다. 대한민국의 미래, 젊은이들에게 좋은 책을 보내주십시오. 독자 여러분의 자랑스러운 모교와 군부대에 보내진 한 권의 책은 더 크게 성장할 대한민국의 발판이 될 것입니다.